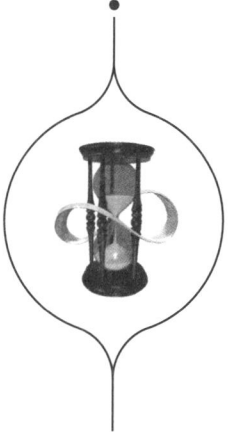

A ETERNIDADE PELOS ASTROS

Título original
L'ÉTERNITÉ PAR LES ASTRES

Autor: Louis-Auguste Blanqui

Copyright da organização © 2016 *by* Marco Lucchesi

Direitos desta edição reservados à
EDITORA ROCCO LTDA.
Av. Presidente Wilson, 231 – 8º andar
20030-021 - Rio de Janeiro, RJ
tel.: (21) 3525-2000 - Fax: (21) 3525-2001
rocco@rocco.com.br | www.rocco.com.br

Printed in Brazil/Impresso no Brasil

ROCCO JOVENS LEITORES

GERENTE EDITORIAL Ana Martins Bergin	ASSISTENTES DE PRODUÇÃO Gilvan Brito (arte) Silvânia Rangel (gráfica)
EQUIPE EDITORIAL Larissa Helena Manon Bourgeade (arte) Milena Vargas Viviane Maurey	REVISÃO Sophia Lang e Wendell Setubal
	PREPARAÇÃO DE ORIGINAIS Marcela Vieira e Suelen Lopes
	PROJETO GRÁFICO Rafael Nobre	Babilonia Editorial

Cip-Brasil. Catalogação na fonte.
Sindicato Nacional dos Editores de Livros, RJ.

Blanqui, Louis
B56e   A eternidade pelos astros / Louis Blanqui; organização Marco Lucchesi; tradução Luciana Persice. – Primeira edição. – RJ: Rocco Jovens Leitores, 2016.
    (Memórias do futuro)

Tradução de: La eternité par les astres
ISBN 978-85-7980-211-9

1. Astronomia - Literatura. 2. Literatura francesa. I. Lucchesi, Marco. II. Título. III. Série.

15-26236   CDD: 843   CDU: 821.133.1-3

O texto deste livro obedece às normas do
Acordo Ortográfico da Língua Portuguesa.

SUMÁRIO

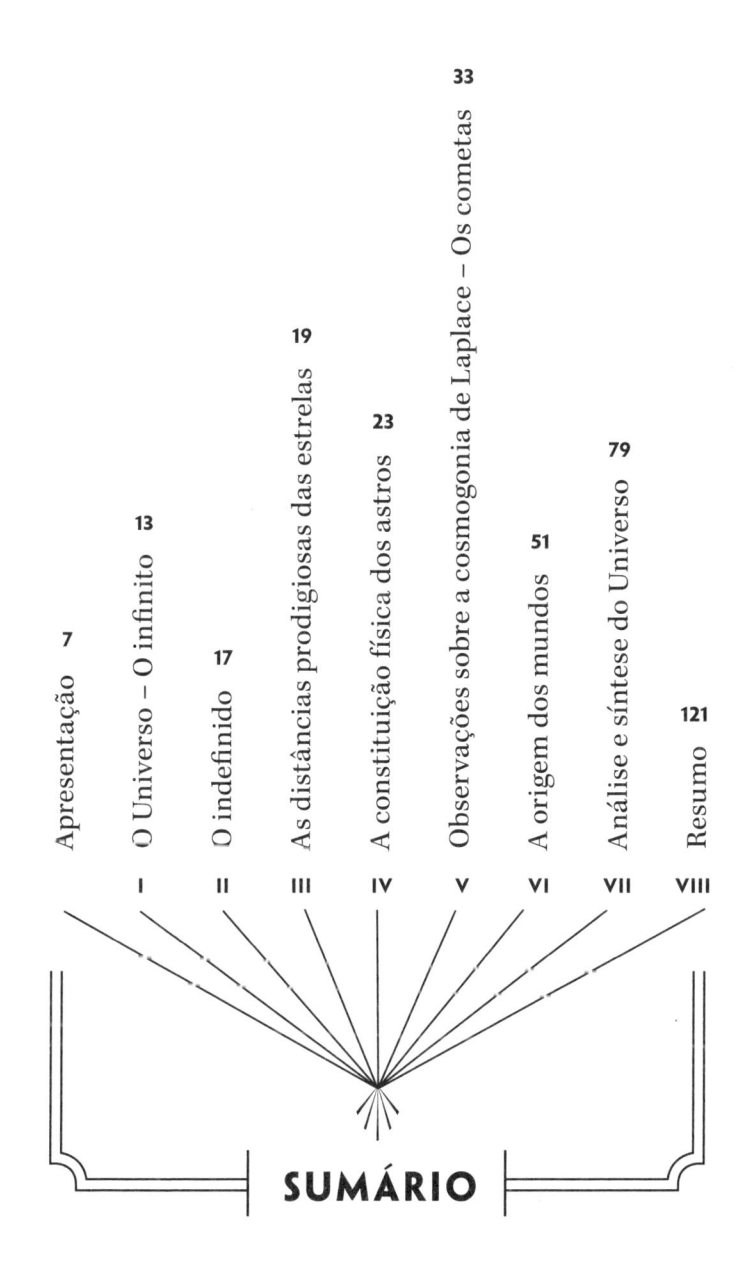

- Apresentação — 7
- I — O Universo – O infinito — 13
- II — O indefinido — 17
- III — As distâncias prodigiosas das estrelas — 19
- IV — A constituição física dos astros — 23
- V — Observações sobre a cosmogonia de Laplace – Os cometas — 33
- VI — A origem dos mundos — 51
- VII — Análise e síntese do Universo — 79
- VIII — Resumo — 121

APRESENTAÇÃO

A eternidade pelos astros é um livro fascinante, que traduz uma poética do tempo e do espaço a partir de ousadas premissas de ordem cosmológica. Para Blanqui, a natureza possui uma centena de elementos reconhecidos na tabela periódica. Combinados de muitas maneiras, produzem mundos finitos, embora incalculáveis. Todas as coisas se repetem eternamente, com pequenas variações: grandes batalhas, amores sublimes, gestos esquecidos, breves e pequenos. Como eu, que escrevo aqui e agora este prefácio a respeito deste livro, e como você, leitor, debruçado sobre esta mesma página. Eis o que faremos tantas e tantas vezes, sem cessar, com estas mesmas roupas que usamos, hoje, nas mesas em que apoiamos nossos livros.

Pode-se dizer o mesmo sobre Colombo, a descobrir a América para sempre, ou Napoleão, vencendo mil vezes a batalha de Austerlitz, e perdendo outras tantas a batalha de Waterloo.

Cada um de nós possui vasta quantidade de sósias em outros mundos, frutos de nossa própria multiplicação. Sósias que compartilham partes de um destino comum. Para Blanqui:

"Se alguém interrogar as regiões celestes para perguntar o seu segredo, bilhões de seus sósias elevam, ao mesmo tempo, os olhos, com a mesma pergunta em mente, e todos esses olhos se cruzam, invisíveis. E não é apenas uma vez que as mudas interrogações atravessam o espaço, mas sempre. Cada segundo da eternidade viu e verá a situação de hoje, qual seja, a de bilhões de Terras sósias da nossa, carregando nossos sósias pessoais."

Nessa tremenda paisagem de repetição, abre-se discretamente o universo das coisas possíveis, uma estrada que se bifurca. O que deixei de fazer pode estar sendo feito agora por um de meus sósias, abrindo janelas para outras narrativas que eu não pude viver, histórias que se desviam ligeiramente do script, num mundo quase sem mudança, como se fosse um imenso teatro (do mundo), com modesto repertório (de vidas):

"Eis aqui, porém, um grande defeito: não há progresso. Que pena! Assim como os exemplares dos mundos passados, e como os dos mundos futuros. Só o capítulo das bifurcações permanece aberto à esperança. Não esqueçamos que *tudo o que poderíamos ter sido aqui, somos em algum outro lugar.*"

Um quadro absolutamente feroz, entre diferença e repetição, em que homens e planetas quimicamente se desdobram como num sonho vasto. Presente que é irmão do abismo, com universos inacabados, preenchendo a solidão, como se lhe diminuísse o horror ao vazio, num agora crescente vertiginoso. Como se nos dissesse "não estamos sós":

"Nesse exato momento, toda a vida de nosso planeta, desde o nascimento até a morte, se reparte, dia a dia, por miríades de astros-irmãos, com todos os seus crimes e desgostos. O que chamamos de progresso está confinado a cada Terra e se esvai com ela. Sempre e em toda parte, no campo terrestre, o mesmo drama, o mesmo cenário, sobre o mesmo palco [...]. Mesma monotonia, mesmo imobilismo [...] o Universo se repete sem fim e se agita frenético, mas imóvel. A eternidade encena, imperturbável, no infinito, as mesmas representações."

Ideias e representações que parecem adiantar uma província da filosofia de Nietzsche sobre o eterno retorno, quando este assume a visão das coisas que se repetem ao infinito, modificada, todavia, pelo vigor do pensamento trágico, que Blanqui não alcançou.

Este livro guarda um misterioso encantamento, tanto ou mais irresistível que as sereias da *Odisseia*. Depois de ouvir seu canto, já não existem saídas de emergência.

Marco Lucchesi

A ETERNIDADE PELOS ASTROS

O UNIVERSO – O INFINITO

O Universo é infinito no tempo e no espaço, eterno, sem limites e indivisível. Todos os corpos, animados ou inanimados, sólidos, líquidos e gasosos, estão ligados uns aos outros justamente por aquilo que os separa. Tudo se conecta. Se os astros fossem suprimidos, restaria o espaço, absolutamente vazio, sem dúvida, mas mantendo as três dimensões – comprimento, largura e profundidade –, espaço indivisível e ilimitado.

Pascal disse, com sua magnífica linguagem: "O Universo é um círculo cujo centro está em toda parte e cuja circunferência não está em parte alguma." Há imagem mais impressionante do infinito? A partir dessa ideia, digamos com um pouco mais de precisão: o Universo é uma esfera cujo centro está em toda parte e cuja superfície não está em parte alguma.

Ei-lo diante de nós, oferecendo-se à observação e ao raciocínio. Incontáveis astros brilham em suas profundezas. Imaginemo-nos dentro de um desses "centros de esfera", que estão por toda parte e cuja superfície não está em lugar algum, e admitamos por um instante a existência dessa superfície que, a partir de agora, se encontra no limite do mundo.

Esse limite seria sólido, líquido ou gasoso? Não importa qual seja sua natureza, ele logo se torna o prolongamento daquilo que ele limita ou pretende limitar. Suponhamos que não exista, nesse momento, sólido, líquido, gás nem mesmo éter. Nada senão o espaço vazio e negro. Nem por isso esse espaço deixa de possuir três dimensões, assim como terá, necessariamente, como limite, ou seja, por continuação, uma nova porção de espaço da mesma natureza, e, depois, mais uma porção, e depois uma outra, e depois outra, e assim por diante, *indefinidamente*.

O infinito só pode se apresentar para nós sob o aspecto do *indefinido*. Um leva ao outro pela impossibilidade evidente de encontrar ou até de conceber uma limitação ao espaço. Certamente, o Universo infinito é incompreensível, mas o Universo limitado é absurdo. Essa certeza absoluta da infinitude do mundo, aliada a sua incompreensibilidade, constitui uma das mais irritantes afrontas que inquietam o espírito humano. Sem dúvida, em algum lugar nos globos errantes, há de existir cérebros vigorosos o bastante para compreenderem esse enigma impenetrável ao nosso. É preciso que nossa inveja faça disso seu luto.

Esse enigma é o mesmo tanto para o infinito no tempo como para o infinito no espaço. A eternidade do mundo apreende a inteligência ainda mais vivamente que sua imensidão. Se não pudermos aceitar limites ao Universo, como suportar a ideia de sua não existência? A matéria não saiu do nada. E não retornará a ele. Ela é eterna, inexaurível. Mesmo que em vias de perpétua transformação, ela não pode nem diminuir nem aumentar um átomo sequer.

Infinita no tempo, por que ela não o seria na extensão do espaço? Os dois infinitos são inseparáveis. Um implica o outro, sob pena de contradição e absurdo. A ciência ainda não constatou uma lei de solidariedade entre o espaço e os globos que o atravessam. O calor, o movimento, a luz e a eletricidade são uma necessidade para toda a sua extensão. Os homens competentes pensam que nenhuma de suas partes poderia ficar viúva desses grandes focos luminosos, pelos quais vivem os mundos. O nosso livreto apoia-se completamente nessa opinião, que povoa a infinitude do espaço com a infinitude dos globos, e não deixa em lugar algum um recanto de trevas, solidão e imobilidade.

O INDEFINIDO

Só se pode ter uma noção, ainda que bastante fraca, do infinito a partir do indefinido. E, todavia, essa noção, tão fraca, já se reveste de aparências formidáveis. Sessenta e dois algarismos, que ocupam um comprimento de 5 centímetros aproximadamente, dão 20 octodecilhões de léguas, ou, em termos mais usuais, bilhões de bilhões e bilhões e bilhões e bilhões de vezes o trajeto do Sol até a Terra.

Imaginemos ainda uma linha de algarismos daqui até o Sol, ou seja, com um comprimento de não mais de 15 centímetros, mas de 37 milhões de léguas. A extensão abarcada por esse número não é assustadora? Agora, tome essa mesma extensão como unidade para este novo número:

a linha de algarismos que o compõem parte da Terra e alcança aquela estrela, cuja luz leva mais de mil anos para chegar até nós, percorrendo 75 mil léguas por segundo. Imagine a distância resultante de um cálculo como esse, se a língua encontrasse palavras e tempo para enunciá-la!

Pode-se, assim, prolongar à vontade o indefinido, sem ultrapassar os limites da inteligência, e sem nem mesmo começar a alcançar o infinito. Sendo cada palavra a indicação das mais assustadoras distâncias, estamos falando de bilhões e bilhões de séculos, uma palavra por segundo, para, finalmente, não exprimir mais que uma insignificância, em se tratando do infinito.

AS DISTÂNCIAS PRODIGIOSAS DAS ESTRELAS

O Universo parece se estender como uma imensidão diante de nossos olhos. Entretanto, ele só nos mostra uma parcela muito pequena. O Sol é uma das estrelas da Via Láctea, essa enorme reunião estelar que invade a metade do céu, e cujas constelações são apenas membros destacados, espalhados pela abóboda da noite. Para além, alguns pontos imperceptíveis, pregados ao firmamento, assinalam os astros semiapagados pela distância, e, ao longe, nas profundezas que já desaparecem, o telescópio entrevê nebulosas, como pequenos amontoados de poeira esbranquiçada, vias lácteas em planos de fundo.

O distanciamento desses corpos é surpreendente. Ele escapa a todos os cálculos dos astrônomos, que tentaram em vão encontrar uma paralaxe para alguns dos mais brilhantes: Sírio, Altair, Vega (de Lira). Seus resultados não foram críveis e permanecem muito problemáticos. Trata-se de aproximações, aliás, por baixo, que projetam as estrelas mais próximas a mais de 7 trilhões de léguas. A mais bem observada, a 61^a do Cisne, ficou a 23 trilhões de léguas, 658.700 vezes a distância entre a Terra e o Sol.

A luz, deslocando-se a 75 mil léguas por segundo, só atravessa esse espaço ao fim de dez anos e três meses. A viagem por via férrea, a dez léguas por hora, sem um minuto de pausa nem de diminuição de velocidade, duraria 250 milhões de anos. Nessa mesma velocidade, seria possível ir até o Sol em 400 anos. A Terra, que percorre 233 milhões de léguas a cada ano, só chegaria a 61^a do Cisne em mais de cem mil anos.

As estrelas são sóis semelhantes ao nosso. Estima-se que Sírio seja 150 vezes maior. Isso é possível, mas pouco verificável. Sem prova contrária, esses focos luminosos devem possuir volumes extremamente desiguais. Porém, uma comparação se provaria descabida; as diferenças de grandeza e de brilho só poderiam ser, para nós, uma questão de distanciamento, ou, ainda, de dúvida. Pois sem dados suficientes, qualquer apreciação seria uma temeridade.

IV

A CONSTITUIÇÃO FÍSICA DOS ASTROS

A natureza é maravilhosa na arte de adaptar os organismos aos meios, sem jamais desviar-se de um plano geral que predomina sobre todas as suas obras. Com simples modificações, ela multiplica, a um grau impossível, os seus tipos. Supôs-se, erroneamente, que os corpos celestes possuíssem situações e seres igualmente fantásticos, sem qualquer analogia com os habitantes de nosso planeta. De que existem miríades de formas e de mecanismos não resta a menor dúvida. Mas o plano e as matérias permanecem invariáveis. Pode-se afirmar, sem hesitação, que nas extremidades mais opostas do Universo os centros nervosos constituem a base, e que a eletricidade, o princípio-agente de toda a existência animal. Os demais aparelhos subordinam-se a este, seguindo mil modos dóceis aos meios. É certamente assim em nosso grupo planetário, que deve apresentar inumeráveis séries de organizações diversas. Nem é preciso sair da Terra para ver essa diversidade quase sem limites.

Desde sempre consideramos nosso globo como o planeta-rei, vaidade que é humilhada com grande frequência. Somos praticamente intrusos no grupo o qual nosso orgulho vão prefere imaginar de joelhos em torno de nossa supremacia. É a densidade que define a constituição física de um astro. Ora, nossa densidade não é a do sistema solar. Ela forma tão somente uma ínfima exceção, que nos coloca como que fora da verdadeira família, composta pelo Sol e pelos planetas grandes. No conjunto do cortejo, Mercúrio, Vênus, Terra e Marte perfazem o volume de 2 para 2.417, e, se acrescentarmos a isso o Sol, de 2 para 1.281.684. Por que não dizer logo que nosso volume é zero?

Diante de tamanho contraste, há apenas poucos anos, o horizonte estava aberto à fantasia a respeito da estrutura dos corpos celestes. A única coisa que não parecia duvidosa era que eles não deviam se parecer em nada com o nosso.

Grande engano. A análise espectral chegou para dissipar esse erro e demonstrar, apesar de tantos aspectos contrários, a identidade da composição do Universo. As formas são inúmeras, os elementos são os mesmos. Eis que nos deparamos com a questão principal, que domina amplamente e aniquila quase todas as outras; é preciso, portanto, abordá-la detalhadamente e progredir do conhecido ao desconhecido.

Em nosso globo terrestre, até segunda ordem, a natureza possui, como únicos elementos à sua disposição, 64 *corpos simples*, cujos nomes seguem adiante. Dizemos "até segunda ordem" porque o número desses corpos não passava de 53 até poucos anos atrás. De tempos em tempos, sua nomenclatura se enriquece com a descoberta de algum metal, isolado, depois de muito esforço, pela química, das ligas tenazes de suas combinações com o oxigênio. É provável que os 64 serão, um dia, uma centena. Mas os agentes sérios não ultrapassarão 25. O restante só aparecerá na condição de comparsas. Nós os chamamos de *corpos simples* porque, até o presente momento, os consideramos irredutíveis. São classificados, de forma geral, segundo sua ordem de importância.

Hidrogênio	1	33	Manganês
Oxigênio	2	34	Zircônio
Nitrogênio	3	35	Cobalto
Carbono	4	36	Irídio
Fósforo	5	37	Boro
Enxofre	6	38	Estrôncio
Cálcio	7	39	Molibdênio
Silício	8	40	Paládio
Potássio	9	41	Titânio
Sódio	10	42	Cádmio
Alumínio	11	43	Selênio
Cloro	12	44	Ósmio
Iodo	13	45	Rubídio
Ferro	14	46	Lantânio
Magnésio	15	47	Telúrio
Cobre	16	48	Tungstênio
Prata	17	49	Urânio
Chumbo	18	50	Tântalo
Mercúrio	19	51	Lítio
Antimônio	20	52	Nióbio
Bário	21	53	Ródio
Cromo	22	54	Didímio
Bromo	23	55	Índio
Bismuto	24	56	Térbio
Zinco	25	57	Tálio
Arsênico	26	58	Tório
Platina	27	59	Vanádio
Estanho	28	60	Ítrio
Ouro	29	61	Césio
Níquel	30	62	Rutênio
Glucínio	31	63	Érbio
Flúor	32	64	Cério

Os quatro primeiros, hidrogênio, oxigênio, nitrogênio e carbono, são os grandes agentes da natureza. Não se sabe a qual deles dar a primazia, de tanto que sua ação é universal. O hidrogênio lidera o grupo por ser a luz de todos os sóis. Esses quatro gases constituem, quase que sozinhos, toda a matéria orgânica, a flora e a fauna, acrescidos do cálcio, fósforo, enxofre, sódio, potássio etc.

O hidrogênio e o oxigênio formam a água; com o acréscimo do cloro, do sódio e do iodo, formam os mares. O silício, o cálcio, o alumínio e o magnésio, combinados com o oxigênio, o carbono etc., compõem as grandes massas de terrenos geológicos, as camadas superpostas da crosta terrestre. Os metais preciosos têm mais importância para os homens do que na natureza.

Até recentemente, esses elementos eram considerados especialidades do nosso globo. Quantas polêmicas, por exemplo, acerca do Sol, sua composição, a origem e a natureza de sua luz! A grande querela da *emissão* e das *ondulações* mal terminou. As últimas disputas de retaguarda ainda estão a repercutir. As *ondulações* vitoriosas haviam erguido, a respeito de seu sucesso, a seguinte teoria, muito fantástica: "O Sol, simples corpo opaco como qualquer outro planeta, está envolto em duas atmosferas; uma, semelhante à nossa, que serve de guarda-sol aos indígenas, contra a segunda, dita fotosfera, fonte eterna e inesgotável de luz e calor."

Essa doutrina, universalmente aceita, reinou por muito tempo na ciência, apesar de todas as analogias feitas. O fogo central que ruge sob nossos pés atesta suficientemente bem que, outrora, a Terra foi o que o Sol é hoje, e a Terra jamais esteve coberta com uma fotosfera elétrica, agraciada com o dom da perenidade.

A análise espectral dissipou esses erros. Já não se trata mais de eletricidade inutilizável e perpétua, mas, prosaicamente, de hidrogênio incandescente, como em toda parte, com a concorrência do oxigênio. As protuberâncias rosadas são jatos prodigiosos de gás inflamado que transbordam do disco da Lua durante os eclipses totais do Sol. Quanto às manchas solares, tinham razão em representá-las como funis abertos nas massas gasosas. É a chama do hidrogênio, varrida por tempestades sobre imensas superfícies, que permite perceber o núcleo do astro, não como uma opacidade negra, mas como uma obscuridade relativa, seja em estado líquido, seja em estado gasoso fortemente comprimido.

Portanto, basta de quimeras. Eis dois elementos terrestres que iluminam o Universo, assim como as ruas de Paris e de Londres. É a combinação deles que dissemina a luz e o calor. É o produto dessa combinação, a água, que cria e preserva a vida orgânica. Sem água, não há atmosfera, nem flora, nem fauna. Apenas o cadáver da Lua.

Com um oceano de chamas nas estrelas para avivar, e um oceano de água sobre os planetas para organizar, a associação do hidrogênio com o oxigênio é o governo da matéria, e o sódio é seu companheiro inseparável em suas duas formas opostas – o fogo e a água. No espectro solar, ele brilha mais do que tudo; ele é o elemento principal do sal dos mares.

Esses mares, hoje tão pacíficos, apesar de suas leves rugosidades, conheceram todos os tipos de tempestades, quando se agitavam em turbilhões de chamas que devoravam as lavas de nosso globo. E, no entanto, trata-se da mesma massa de hidrogênio e de oxigênio; que metamorfose! A evolução foi realizada. Ela também se realizará no Sol. Suas manchas já revelam, na combustão do hidrogênio, lacunas passageiras, que o tempo não cessará de aumentar e de girar incessantemente. Esse tempo será contado por séculos, sem dúvida, mas o declínio já começou.

O Sol é uma estrela em declínio. Chegará o dia em que o produto da combinação do hidrogênio com o oxigênio cessará de se decompor outra vez para reconstituir os dois elementos separadamente, e então restará o que ele deve ser: água. Esse dia verá terminar o reino das chamas e começar o dos vapores aquosos, cujo destino final é o mar. Quando esses vapores envolverem o astro derrotado com suas espessas massas, nosso mundo planetário cairá na noite eterna.

Antes desse final fatal, a humanidade terá tempo de aprender muitas coisas. Ela já sabe, pela espectrometria, que metade dos 64 *corpos simples* que compõem nosso planeta também faz parte do Sol, das estrelas e de seus cortejos. Ela sabe que o Universo inteiro recebe luz, calor e vida orgânica da associação do hidrogênio com o oxigênio, ou seja, chamas ou água.

Nem todos os *corpos simples* se mostram ao espectro solar, e, reciprocamente, os espectros do Sol e das estrelas indicam a existência de elementos que nos são desconhecidos. Mas essa ciência ainda é nova e inexperiente. Ela mal começa a emitir sua primeira opinião e esta já é definitiva. Os elementos dos corpos celestes são idênticos em qualquer lugar. O futuro não fará mais que apresentar, a cada dia, provas dessa identidade. As diferenças de densidade, que inicialmente pareciam ser um obstáculo intransponível a qualquer semelhança entre os planetas de nosso sistema, perdem muito de seu significado isolante, quando se vê o Sol, cuja densidade é um quarto da nossa, comportar metais como o ferro (densidade 7,80), o níquel (8,67), o cobre (9,95), o zinco (7,19), o cobalto (7,81), o cádmio (8,69), o cromo (5,90).

Nada pode ser mais natural do que os *corpos simples* que existem em proporções desiguais, como resultado de divergências de densidade. Evidentemente, os elementos de uma nebulosa devem ser classificados nos planetas segundo as leis de peso, mas essa classificação não impede que os *corpos simples* coexistam no conjunto da nebulosa, a não ser que sejam repartidos, em seguida, de acordo com determinada ordem, em virtude de suas leis. É exatamente esse o caso de nosso sistema e, ao que tudo indica, o de outros grupos estelares. Veremos mais adiante que condições resultam desse fato.

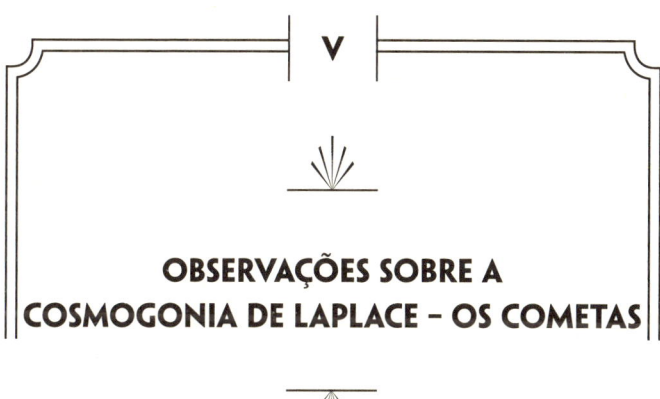

OBSERVAÇÕES SOBRE A COSMOGONIA DE LAPLACE – OS COMETAS

Laplace fundou sua hipótese em Herschell, que por sua vez formou a sua com o telescópio. Totalmente dedicado à matemática, o ilustre geômetra dedicou-se muito ao movimento dos astros e pouquíssimo à sua natureza. Ele só trata da questão física com alguma displicência, através de simples afirmações, e apressa-se em retornar aos cálculos de gravitação – seu objetivo permanente. É visível que sua teoria luta contra duas dificuldades cruciais: a origem e a alta temperatura das nebulosas, e os cometas. Prorroguemos um pouco as nebulosas, e vejamos os cometas. Sem poder, sob nenhum pretexto, enquadrá-los em seu sistema, o autor, querendo livrar-se deles, os faz passear de estrela em estrela. Sigamo-las, a fim de também nos livrarmos deles.

Hoje, todos alcançaram um grau de desprezo profundo pelos cometas, esses miseráveis brinquedos dos planetas superiores que os puxam e empurram de mil maneiras, os inflam com fogo solar e terminam por jogá-los longe aos farrapos. Que decadência! Que respeito humilde, o de outrora, quando eram saudados como mensageiros da morte! Quantas vaias e assovios, desde que se sabe que são inofensivos! Essa atitude é bem típica dos homens.

Entretanto, a impertinência não está isenta de uma leve nuance de inquietude. Os oráculos não estão livres de contradição. Um exemplo é Arago, que, mesmo depois de ter proclamado vinte vezes a nulidade absoluta dos cometas, de ter garantido que o vazio mais perfeito de uma máquina pneumática ainda é muito mais denso do que a substância de um cometa, ainda declara, em um capítulo de sua obra, que "a transformação da Terra em satélite de cometa é um acontecimento que não pode sair do círculo das probabilidades".

Laplace, sábio tão grave, tão sério, também professa os prós e os contras dessa questão. Ele diz que, por um lado, "o encontro de um cometa não pode produzir, sobre a Terra, nenhum efeito sensível. É muito provável que os cometas *a tenham atingido várias vezes sem terem sido notados...*". Aliás, "é fácil imaginar os efeitos desse choque [de um cometa] sobre a Terra: o eixo e o movimento de rotação alterados; os mares abandonando suas antigas posições para se precipitarem sobre algum novo equador; uma grande parte dos homens e dos animais ou afogados nesse dilúvio universal ou destruídos pela violenta sacudida imposta ao globo, espécies inteiras devastadas" etc.

Sim e *não* tão categóricos são singulares sob a caneta de matemáticos. A atração, dogma fundamental da astronomia, é, por vezes, igualmente maltratada. É o que veremos, dizendo algumas palavras sobre a luz zodiacal.

Esse fenômeno já recebeu muitas explicações diferentes. Inicialmente, ele foi atribuído à atmosfera do Sol, opinião combatida por Laplace. Para ele, "a atmosfera solar não chega sequer ao meio do caminho da orbe de Mercúrio. Os luzires zodiacais provêm de moléculas demasiado voláteis para se unirem aos planetas à época da grande formação primitiva, e que hoje circulam ao redor do astro central. Sua tenuidade extrema não opõe resistência à marcha dos corpos celestes, e nos dá essa claridade permeável às estrelas".

Tal hipótese é pouco verossímil. Moléculas planetárias volatilizadas por uma alta temperatura não conservam eternamente seu calor nem, consequentemente, a forma gasosa nos desertos gelados da imensidão. Além disso, apesar do que diz Laplace, essa matéria, por mais tênue que possa ser imaginada, seria um sério obstáculo aos movimentos dos corpos celestes e levaria, com o tempo, a graves desordens.

A mesma objeção refuta uma ideia recente que louva a luz zodiacal como sendo destroços de cometas naufragados nas tempestades do periélio. Esses restos formariam um vasto oceano que engloba e ultrapassa até mesmo as órbitas de Mercúrio, Vênus e Terra. É desdenhar ainda mais dos cometas, confundir sua nulidade com a do éter, ou até mesmo com a do vazio. Não, os planetas não encontrariam um caminho certeiro entre essas nebulosidades, e a gravitação não demoraria a se ver num beco sem saída.

Parece ainda menos racional procurar a origem das luzes misteriosas da região zodiacal em um anel de meteoritos que circulam ao redor do Sol. Os meteoritos, por sua natureza, não são muito permeáveis à clareza das estrelas.

Se voltarmos um pouco, talvez encontremos o caminho da verdade. Arago diz, não sei onde: "A matéria dos cometas pode ter entrado com frequência em nossa atmosfera, atravessado a cauda de um cometa..." Laplace não é menos explícito: "É muito provável", diz ele, "que os cometas tenham recoberto várias vezes a Terra sem serem percebidos..."

Todos concordarão com isso, mas pode-se perguntar aos dois astrônomos o que aconteceu com esses cometas. Eles continuaram sua viagem? É-lhes possível desgarrar-se do abraço apertado da Terra e seguir em frente? A atração é então confiscada? Como assim? Esse vago oflúvio de cometa, que provoca cansaço em quem tenta definir o seu nada, desafiaria a força que domina o Universo?

Entende-se que dois globos maciços, lançados a toda a velocidade, cruzem-se pela tangente e continuem suas trajetórias depois de um duplo sacolejo. Mas que inutilidades errantes venham se colar à nossa atmosfera, da qual depois se desgrudam tranquilamente para seguir seu curso, é de uma desconsideração pouco aceitável. Por que esses vapores difusos não permaneceriam pregados ao nosso planeta devido ao seu peso?

"Justamente porque eles não pesam, pode-se dizer. Sua própria inconsistência os engana. Sem massa, não há atração." Raciocínio falho. Se eles se separam de nós para juntar-se ao corpo de exército, é porque o corpo de exército os atrai e os retira de nós. A troco de quê? A Terra lhes é, realmente, superior em potência. Sabe-se que os cometas não incomodariam ninguém, e todo o mundo os incomoda porque eles são os escravos humildes da atração. Como eles deixariam de obedecer a ela precisamente quando nosso globo os apreende ao corpo sem mais soltá-los? O Sol está longe demais para disputá-los a quem os tem tão perto de si, e, mesmo que ele arrastasse a cabeça dessas multidões, a retaguarda, rompida e deslocada, ficaria sob o poder da Terra.

Todavia, estamos falando de uma coisa muito simples, de cometas que circundam e depois abandonam nosso globo. Ninguém fez qualquer observação a esse respeito. A marcha rápida desses astros seria suficiente para subtraí-los à ação terrestre, e eles continuariam suas trajetórias por meio da impulsão adquirida?

Tal ataque à gravitação é impossível e devemos nos ater às luzes zodiacais. Os rompimentos dos cometas, feitos prisioneiros ao longo desses encontros siderais e rechaçados rumo ao equador pela rotação, irão formar esses inchaços lenticulares que se iluminam com os raios solares, antes da aurora, e, sobretudo, depois do crepúsculo noturno. O calor do dia os dilatou e tornou sua luminosidade mais sensível do que pela manhã, depois do resfriamento da noite.

Essas massas diáfanas, de aparência próxima às dos cometas, permeáveis às menores estrelas, ocupam uma extensão imensa, desde o equador, seu centro e ponto culminante, tanto em altitude quanto em brilho, até para bem além dos trópicos, e, provavelmente, até os dois polos, onde elas se abaixam, se contraem e se apagam.

Até hoje, a luz zodiacal sempre foi localizada fora da Terra, e era difícil atribuir-lhe um lugar, assim como uma natureza, conciliável a um só tempo com sua permanência e com suas variações. Mas é a própria Terra que responde por isso, envolta em sua atmosfera, sem que o peso da coluna atmosférica receba o acréscimo de um átomo sequer. Essa substância pobre não poderia fornecer prova mais cabal de sua inanidade.

Os cometas, em suas visitas, talvez levem a pensar que são contingentes prisioneiros. Esses contingentes, aliás, não poderiam ultrapassar uma certa altitude sem serem arrebatados pela força centrífuga, que carrega seu botim para o espaço. A atmosfera terrestre encontra-se, assim, envolvida duplamente por um invólucro de cometas, relativamente imponderável, sede e fonte da luz zodiacal. Essa versão combina bastante com a diafaneidade dos cometas e, além disso, ela dá conta das leis do peso, que não permitem a evasão dos destacamentos capturados pelos planetas.

Retomemos a história dessas nulidades cabeludas. Se eles evitam Saturno, é para caírem nas malhas de Júpiter, agente policial do sistema. À espreita, na sombra, ele os fareja, antes mesmo que um raio de sol os torne visíveis, e os arrasta, presas indefesas, para dentro de gargantas perigosas. Lá, assolados pelo calor e dilatados em proporções monstruosas, eles perdem a forma, alongam-se, rompem-se, atravessam em debandada a terrível armadilha, abandonando retardatários por toda parte e só conseguindo, com muito sofrimento, sob a proteção do frio, retornar à sua solidão desconhecida.

Apenas esses, que não sucumbiram às emboscadas da zona planetária, escapam. Assim, evitando desfiladeiros funestos e deixando, ao longe, nas planícies zodiacais, grandes aranhas passearem na orla de suas teias, o cometa de 1811 derrete, desde as alturas polares, sobre a eclíptica, transborda e desvia rapidamente do Sol, e, depois, busca e realinha suas imensas colunas dispersadas pelo fogo inimigo. Somente então, depois do sucesso da manobra, exibe aos olhos estupefatos os esplendores de seu exército, e continua majestosamente sua retirada vitoriosa rumo às profundezas do espaço.

Esses triunfos são raros. Aos milhares, os pobres cometas vêm brincar com fogo. Como mariposas, da profundeza da noite, acorrem ligeiros e precipitam-se em volteios ao redor da chama que os atrai, e nunca escapam sem semear com suas carcaças os campos da eclíptica. Se acreditarmos em alguns comentadores dos céus, estende-se, desde o Sol e para além da orbe terrestre, um vasto cemitério de cometas, com luzes misteriosas, que aparecem nas noites e manhãs de dias limpos. Reconhecem-se os mortos por sua claridade-fantasma, que deixa passar a luz viva das estrelas.

Não seriam sobretudo eles os cativos suplicantes, acorrentados há séculos às barras de nossa atmosfera e pedindo em vão liberdade ou hospitalidade? Do seu primeiro ao último raio, o Sol intertropical nos mostra esses pálidos ciganos que expiam tão duramente sua visita indiscreta a homens abastados.

Os cometas são, na verdade, seres fantásticos. Desde a instalação do sistema solar, eles foram milhões a passar pelo periélio. Nosso mundo particular está repleto deles e, no entanto, mais da metade escapa à vista, e mesmo ao telescópio. Quantos desses nômades elegeram domicílio conosco? Três..., e ainda assim, pode-se dizer que estão apenas acampados provisoriamente. Qualquer dia desses, eles saem de fininho e vão se juntar às suas inumeráveis tribos nos espaços imaginários. Importa pouco, de fato, que seja por elipses, parábolas ou hipérboles.

Afinal, eles são criaturas inofensivas e graciosas, que frequentemente ocupam lugar de destaque nas mais belas noites estreladas. Se eles são pegos como loucos na ratoeira, a astronomia fica presa com eles e sai com maior dificuldade ainda. Trata-se de verdadeiros pesadelos científicos. Que contraste com os corpos celestes! Os dois extremos do antagonismo: massas esmagadoras e imponderabilidades, excesso de gigantismo e excesso de nada.

No entanto, a propósito desse nada, Laplace fala em condensação, vaporização, como se se tratasse do primeiro gás a aparecer. Ele garante que, a longo prazo, com o calor do periélio, os cometas acabam se dissipando inteiramente no espaço. O que acontece com eles depois dessa volatilização? O autor não diz, e é provável que não se preocupe com isso. Desde que não se trate mais de geometria, ele procede de maneira sumária, sem muitos escrúpulos. Ora, por mais etérea que possa e deva ser a sublimação dos astros cabeludos, ela continua, no entanto, sendo matéria. Qual será o seu destino final? Sem dúvida, o de retomar sua forma primitiva sob a ação do frio. Que seja. É a essência dos cometas que reproduz diafaneidades ambulatórias. Mas essas diafaneidades, segundo Laplace e outros autores, são idênticas às nebulosas fixas.

Ah! Alto lá! É preciso examinar as palavras enunciadas e verificar seu conteúdo. *Nebulosa* é uma palavra suspeita. É um substantivo muito merecido, pois possui três significados diferentes. Assim, é designado 1) uma luz esbranquiçada, decomposta por fortes telescópios em inúmeras pequeninas estrelas muito próximas umas das outras; 2) uma claridade pálida, de aspecto semelhante, salpicada de um ou vários pontinhos brilhantes e que não se sabe ainda se correspondem a estrelas; e 3) os cometas.

A confrontação minuciosa dessas três individualidades é indispensável. Quanto à primeira, os amontoados de pequenas estrelas, não existe nenhuma dificuldade. Não há dúvida a esse respeito. A contestação se aplica inteiramente às duas outras. De acordo com Laplace, as nebulosidades espalhadas em profusão pelo Universo formam, em um primeiro grau de condensação, ou cometas ou nebulosas com pontos brilhantes, irredutíveis em estrelas, e que se transformam em sistemas solares. Ele explica e descreve com detalhe essa transformação.

Quanto aos cometas, ele se limita a representá-los como pequenas nebulosas errantes que não define e não tenta diferenciar das nebulosas em vias de criação estelar. Pelo contrário, ele insiste em sua semelhança íntima, que permite distingui-las umas das outras somente pelo deslocamento dos cometas, visível devido aos raios do sol. Em resumo, ele pega, no telescópio de Herschell, nebulosas irredutíveis e faz delas, indiferentemente, sistemas planetários ou cometas. Não passa de uma questão de órbitas e de fixidez ou de irregularidade na gravitação. De resto, trata-se da mesma origem: "nebulosidades esparsas no Universo", partindo de uma mesma constituição.

Como um físico tão proeminente pôde assimilar luzes fictícias, glaciais e vazias, aos imensos feixes de vapor ardentes que serão, um dia, sóis? Ainda seria aceitável se os cometas fossem de hidrogênio. Poderia se supor que grandes massas desse gás, que ficaram fora das nebulosas-estrelas, errem em liberdade através da imensidão, onde sofrem pequenos efeitos da gravitação. Mesmo que fossem gás frio e obscuro, uma vez que os berçários estelo-planetários são incandescências, a assimilação entre esses dois tipos de nebulosas permanece sendo impossível. Mas esse paliativo denuncia sua própria limitação. Comparado aos cometas, o hidrogênio é como o granito. Entre a matéria nebulosa dos sistemas estelares e a dos cometas, não pode haver nada em comum. Uma é força, luz, peso e calor; a outra, nulidade, gelo, vazio e trevas.

Laplace fala de uma similitude tão perfeita entre os dois gêneros de nebulosas, a ponto de se ter grande dificuldade em distingui-los. Como assim? As nebulosas volatilizadas encontram-se a distâncias incomensuráveis, os cometas estão quase ao alcance da mão, e, de uma vã semelhança entre dois corpos separados por tão grandes abismos, pode-se concluir que há identidade de composição! Mas o cometa é infinitamente pequeno, e a nebulosa é quase um

Universo. Qualquer comparação entre tais dados é uma aberração.

Repitamos mais uma vez que se durante o estado volátil das nebulosas uma parte do hidrogênio evitasse ao mesmo tempo a atração e a combustão para fugir livre pelo espaço e tornar-se cometa, esses astros retornariam, assim, à constituição geral do Universo e poderiam, aliás, ter um papel temeroso. Impotentes como massa, em um encontro planetário, mas incandescentes ao choque do ar e ao contato com seu oxigênio, eles destruiriam, pelo fogo, todos os corpos organizados, plantas e animais. Só que, segundo opinião unânime, o hidrogênio está para a substância dos cometas assim como um bloco de mármore estaria para o próprio hidrogênio.

Imaginemos, agora, farrapos de nebulosidades estelares errando de sistema em sistema, a exemplo dos cometas. Esses ajuntamentos voláteis, a temperaturas máximas, passariam ao nosso redor, não como uma névoa sutil, terna e gélida, mas como uma tromba assustadora de luz e calor, que poria rapidamente um fim a nossas polêmicas a seu respeito. A incerteza persiste no tocante aos cometas. Discussões e conjecturas não encerram nada. Alguns pontos, porém, parecem esclarecidos. Assim, a unidade da substância dos cometas não deixa dúvidas. Trata-se de um corpo simples que jamais apresentou variante em suas aparições, já tão numerosas. Encontra-se constantemente essa mesma tenuidade elástica e dilatável até o vazio, essa translucidez absoluta que não incomoda em nada a passagem das mais ínfimas luzes.

Os cometas não são nem éter, nem gás, nem líquido, nem sólido, nem nada semelhante ao que constitui os corpos celestes, mas uma substância indefinível, que não parece ter nenhuma das propriedades da matéria conhecida, e que não existe fora do raio solar que os tira um minuto do nada, para logo deixá-los retornar a ele. Entre esse enigma sideral e os sistemas estelares que são o Universo existe uma separação radical. São dois modos de existência isolados, duas categorias de matéria totalmente distintas, e sem qualquer outra ligação, a não ser uma gravitação desordenada, quase enlouquecida. Na descrição do mundo, não se deve lhe dar nenhuma importância. Eles não são nada, não fazem nada, e têm apenas um papel: o do enigma.

Com suas dilatações em disputa no periélio, e suas contrações geladas no afélio, esse astro maluquinho representa um daqueles gigantes das *Mil e uma noites*, colocado dentro de uma garrafa por Salomão e que, quando dada a oportunidade, expande-se para fora de sua prisão em uma imensa nuvem, para adotar forma humana, e, depois, tornar-se novamente vapor e retomar o caminho do gargalo para desaparecer no fundo da garrafa. Um cometa é uma minúscula parcela dessa névoa, preenchendo um bilhão de léguas cúbicas e, então, uma garrafa.

Agora, encerradas essas brincadeiras, elas deixam o debate aberto para a seguinte pergunta: "As nebulosas são todas emaranhados de estrelas adultas, ou é possível ver em algumas delas fetos de estrelas, sejam elas simples ou múltiplas?" Essa pergunta tem somente dois juízes: o telescópio e a análise espectral. Peçamos-lhes uma imparcialidade estrita que se protege, sobretudo, contra a influência oculta dos grandes nomes. Parece, de fato, que a espectrometria resiste um pouco a encontrar resultados conformes à teoria de Laplace.

A complacência quanto aos erros possíveis do ilustre matemático é pouco útil na medida em que sua teoria extrai do conhecimento atual do sistema solar uma força capaz de enfrentar até o telescópio e a análise espectral – o que não é dizer pouco. Ela é a única explicação racional e razoável da mecânica planetária, que só sucumbiria, com certeza, sob argumentos irresistíveis...

VI

A ORIGEM DOS MUNDOS

Essa teoria tem, entretanto, um lado vulnerável... o mesmo de sempre: a questão da origem, esquivada, dessa vez, por uma reticência. Infelizmente, omitir não é resolver. Laplace burlou essa dificuldade com habilidade, legando-a a outros. Ele já havia extraído sua hipótese, que pôde desenvolver-se livre desse entrave.

A gravitação explica o Universo apenas parcialmente. Os corpos celestes, em seus movimentos, obedecem a duas forças: a centrípeta ou o peso, que os faz cair ou os atrai uns aos outros, e a centrífuga, que os empurra adiante em linha reta. Da combinação dessas duas forças resulta a circulação mais ou menos elíptica de todos os astros. Com a supressão da força centrífuga, a Terra cairia no Sol. Com a supressão da força centrípeta, ela escaparia à sua órbita, seguiria pela tangente e continuaria sempre reto.

A fonte dessa força centrípeta é conhecida: a atração ou a gravitação. A origem da força centrífuga permanece um mistério. Laplace deixou esse obstáculo de lado. Em sua teoria, o movimento de translação, ou seja, a força centrífuga, tem por origem a rotação da nebulosa. Essa hipótese é, sem dúvida, verdadeira, pois é impossível dar conta de maneira mais satisfatória dos fenômenos apresentados pelo nosso grupo planetário. Porém, é permitido perguntar ao ilustre geômetra: "De onde vem a rotação da nebulosa? De onde vem o calor que volatilizou essa massa gigantesca, condensada mais tarde em Sol circundado por planetas?"

O calor! É como se bastasse se abaixar e pegar um pouco no espaço. Sim, calor a 270 graus acima de zero. Laplace estaria falando desse calor quando diz que "em virtude de um calor excessivo, a atmosfera do Sol se estendia primitivamente para além das orbes de todos os planetas"? Ele constata, de acordo com Herschell, a existência de nebulosidades em grande número, inicialmente difusas ao ponto de serem dificilmente visíveis, e que chegam, através de uma sucessão de condensações, ao estado de estrela. Ora, essas estrelas são globos gigantescos em plena incandescência, como o Sol, o que denuncia um calor já bastante respeitável. Qual não devia ser sua temperatura quando, inteiramente reduzidas a vapor, essas massas enormes se dilatavam a tal grau de volatilização que ofereciam ao olhar apenas uma nebulosidade quase imperceptível.

São exatamente essas nebulosidades que Laplace representa como sendo espalhadas em profusão pelo Universo, dando origem aos cometas, assim como aos sistemas estelares. Afirmação inadmissível, como demonstramos a propósito da substância dos cometas, que não pode ter nada em comum com a das nebulosas-estrelas. Se essas substâncias fossem semelhantes, os cometas estariam, sempre e por toda parte, misturados às matérias estelares, partilhando sua existência, e não se manteriam constantemente a distância, diferentes de todos os outros astros, visto sua inconsistência, seus hábitos errantes e a unidade absoluta da substância que os caracteriza.

Laplace está coberto de razão ao dizer: "Assim se desce, através dos progressos da condensação da matéria nebulosa, considerando o Sol anteriormente envolto por uma vasta atmosfera, consideração a que chegamos, como vimos, pelo exame dos fenômenos do sistema solar. Um encontro tão notável confere à existência desse estado anterior do Sol uma probabilidade muito próxima da certeza."

Por outro lado, não há nada mais equivocado do que a assimilação dos cometas, inanidades imponderáveis e geladas, às nebulosas estelares que representam as partes maciças da natureza, levadas pela volatilização ao *máximo* de temperatura e de luz. É certo que os cometas são um enigma desesperador, pois, permanecendo inexplicáveis enquanto todo o resto se explica, eles se tornam um obstáculo quase intransponível ao conhecimento do Universo. Mas não se elimina um obstáculo com um absurdo. Vale mais a pena ceder ao conceder a essas impalpabilidades uma existência especial fora da matéria propriamente dita, que pode muito bem agir sobre ela pela gravitação, mas sem interferir nem se submeter a qualquer influência sua. Embora fugazes, instáveis, sempre imprevistos, nós os conhecemos como uma substância simples, uma, invariável, inacessível a qualquer modificação, que pode separar-se, reunir-se, formar massas ou esgarçar-se em frangalhos, nunca mudar. Portanto, eles só intervêm no devir perpétuo da natureza. Consolemo-nos desse logogrifo com a nulidade de seu papel.

A questão das origens é muito mais séria. Laplace a desprezou, ou melhor, não a levou em conta, sem se dignar ou ousar a falar sobre ela. Herschell, com seu telescópio, constatou no espaço vários montes de matéria nebulosa, com diferentes graus de difusão, montes que, através de resfriamentos progressivos, culminam em estrelas. O ilustre geômetra explica muito bem as transformações. Mas não menciona uma palavra a respeito da origem dessas nebulosidades. É de se perguntar, naturalmente: "De onde vêm essas nebulosas, que um frio relativo leva ao estado de sóis e planetas?"

De acordo com certas teorias, existiria na imensidão uma matéria caótica, que, graças ao concurso do calor e da atração, se aglomeraria para formar nebulosas planetárias. Por que e desde quando existe essa matéria caótica? De onde surge esse calor extraordinário que vem ajudar na árdua tarefa? Muitas perguntas que não são feitas, o que dispensa que se encontrem respostas para elas.

Nem é preciso dizer que a matéria caótica, que constitui as estrelas modernas, também constituiu as antigas, o que significa que o Universo não remonta além das mais velhas estrelas existentes. Atribuem-se de bom grado durações imensas a esses astros; mas de seu começo não há outras novidades além da aglomeração da matéria caótica, e sobre o seu fim, silêncio total. A piada comum a essas teorias é a criação, nos espaços imaginários, de uma usina que fabrica calor à vontade para o abastecimento da volatilização indefinida de todas as nebulosas e de todas as matérias caóticas possíveis.

Laplace, geômetra tão escrupuloso, é um físico de pouco rigor. Ele vaporiza sem a menor cerimônia, em virtude de um calor excessivo. Partindo da existência da nebulosa que se condensa, nós o seguimos com admiração em sua explanação do nascimento sucessivo dos planetas e de seus satélites pelos progressos do resfriamento. Mas essa matéria nebulosa sem origem, atraída por todos os lados, não se sabe como nem por quê, também é um excepcional refrigerador do entusiasmo. Convenhamos, não fica bem levar o leitor a se acomodar sobre uma hipótese calcada no vazio e deixá-lo lá, plantado.

O calor e a luz não se acumulam no espaço, eles se dissipam nele. Eles têm uma fonte que se esgota. Todos os corpos celestes se resfriam pela irradiação. As estrelas, incandescências formidáveis em seu início, chegam a um congelamento negro. Nossos mares eram, antigamente, um oceano de chamas. Agora, são apenas água. Com o Sol extinto, eles serão um bloco de gelo. As cosmogonias que imaginam o mundo de ontem podem acreditar que os astros ainda estão brilhando com sua intensidade primeira. E depois? Esses milhões de estrelas, iluminação de nossas noites, têm somente uma existência limitada. Elas começaram no incêndio; acabarão no frio e nas trevas.

Será que basta se perguntar se elas sempre vão durar mais do que nós? Acatemos os fatos. *Carpe diem*. Pouco importa o que houve antes! Então pouco importa o que virá depois? Antes e depois de nós, o dilúvio! Não, o enigma do Universo precede, permanentemente, qualquer pensamento. O espírito humano quer decifrá-lo a todo preço. Laplace estava no caminho certo quando escreveu essas palavras: "Vista do Sol, a Lua parece descrever uma série de epicicloides, cujos centros estão sobre a circunferência da orbe terrestre. Da mesma forma, a Terra descreve uma série de epicicloides, cujos centros estão sobre a curva que o Sol descreve ao redor do centro de gravidade do grupo de estrelas do qual faz parte. Por fim, o próprio Sol descreve uma série de epicicloides, cujos centros estão sobre a curva descrita pelo centro de gravidade desse grupo, ao redor do centro do Universo."

"*Do Universo!*" – é um tanto exagerado. Esse suposto centro do Universo, com o imenso cortejo que gravita ao seu redor, não passa de um ponto imperceptível na imensidão. Laplace estava, de fato, trilhando a pista da verdade e quase alcançou a chave do enigma. Só esse termo, "*do Universo*", prova que ele a tocava sem a ver, ou, pelo menos, sem a enxergar. Ele era um ultramatemático. Estava convicto, até as raízes dos cabelos, sobre a harmonia e a solidez inalterável da mecânica terrestre. Sólida, muito sólida, digamos. É necessário, porém, distinguir entre o Universo e um relógio.

Quando um relógio fica desregulado, acerta-se a hora. Quando estraga, é consertado. Quando fica gasto, é substituído. Mas quem conserta ou troca os corpos celestes? Esses globos de chamas, esplêndidos representantes da matéria, gozariam do privilégio da perenidade? Não, a matéria só é eterna em seus elementos e em seu conjunto. Todas essas formas, humildes ou sublimes, são transitórias e perecíveis. Os astros nascem, brilham, apagam-se, e, talvez, sobrevivam por milhares de séculos em seu esplendor perdido, não deixando às leis da gravidade mais que tumbas flutuantes. Quantos bilhões de cadáveres gelados rastejam dessa forma na noite do espaço, aguardando a hora da destruição, que será, concomitantemente, a de sua ressurreição!

Pois todos os mortos da matéria retornam à vida, independentemente de sua condição. Se a noite do túmulo é longa para os astros que chegaram ao fim, aparece o momento em que sua chama reacende como um relâmpago. Sobre a superfície dos planetas, sob os raios solares, a forma que morre desagrega-se rapidamente para restituir seus elementos a uma nova forma. As metamorfoses sucedem-se ininterruptamente. Mas, quando um Sol se apaga e resfria, quem lhe restituirá o calor e a luz? Ele só pode renascer como Sol. Ele deu vida, em toda a sua complexidade, a miríades de seres diversos. Ele só pode transmitir essa vida a seus filhos por meio do casamento. Como serão as núpcias e os nascimentos desses gigantes da luz?

Passados milhões de séculos, quando um desses imensos turbilhões de estrelas – que nasceram, gravitaram e morreram juntas – termina de percorrer as regiões do espaço abertas à sua frente, ele se choca contra as fronteiras com outros turbilhões apagados que chegam ao seu encontro. Uma algazarra desvairada tem início durante incalculáveis anos, em um campo de batalha de bilhões e bilhões de léguas de extensão. Essa parte do Universo é apenas uma vasta atmosfera de chamas, atravessadas sem trégua pela fúria das conflagrações que volatilizam instantaneamente estrelas e planetas.

Esse pandemônio não interrompe, sequer por um instante, sua obediência às leis da natureza. Os choques sucessivos reduzem as massas sólidas a estado de vapor; elas são, imediatamente, retomadas pela gravitação, que as agrupa em nebulosas que giram sobre si mesmas pela impulsão do choque, e as lança em uma circulação regular ao redor de novos centros. Os observadores longínquos podem, então, através de seus telescópios, perceber o teatro dessas grandes revoluções sob o aspecto de uma luminosidade pálida, misturada a pontos mais claros. A luminosidade é somente uma mancha, mas essa mancha é um povo de globos que estão ressuscitando.

Cada um dos globos recém-nascidos viverá, primeiramente, uma infância solitária, nuvem inflamada e tumultuosa. Mais calmo com o tempo, o jovem astro destacará de seu interior uma numerosa família, que se resfriará em breve devido ao isolamento, e viverá tão somente de calor paterno. Ele será o único representante dessa família no mundo que só o conhecerá, e não perceberá seus filhos. Eis nosso sistema planetário, e nós habitamos uma das mais jovens filhas, seguida apenas de uma irmã, Vênus, e de um irmãozinho, Mercúrio, o último rebento desse ninho.

Seria exatamente assim que os mundos renascem? Não sei. Talvez, as legiões mortas que se chocam para retornar à vida sejam menos numerosas, e o campo de ressurreição, menos vasto. Mas, certamente, isso não passa de uma questão de número e de extensão, não de meios. Não cabe a ninguém decidir, em conhecimento de causa, se o encontro ocorre, seja simplesmente entre dois grupos estelares, seja entre dois sistemas em que cada estrela, com seu cortejo, tenha somente função de planeta, seja entre dois centros em que a estrela não passa de mero satélite, ou seja, por fim, entre dois focos que representam um canto do Universo. A única afirmação legítima é a seguinte:

A matéria não poderia diminuir nem aumentar em um átomo que fosse. As estrelas não passam de labaredas efêmeras. Portanto, uma vez extintas, se elas não se reacenderem, a noite e a morte tomam conta do Universo após determinado tempo. Ora, como elas poderiam se reacender, senão pelo movimento transformado em calor, em proporções gigantescas, ou seja, por um entrechoque que as volatiliza e chama a uma nova existência? Não há como objetar contra o fato de que, por sua transformação em calor, o movimento seria anulado, e, a partir de então, os globos ficariam imobilizados. O movimento é mero resultado da atração, e a atração, por ser propriedade permanente de todos os corpos, é imperecível. O movimento renasce repentinamente do próprio choque, talvez seguindo novas direções, mas ele sempre é efeito da mesma causa: o peso.

Você diria que essas enormes transformações são um golpe contra as leis da gravitação? Você não saberia responder, e nem eu. Nosso único recurso é consultar a analogia. Ela nos responde: "Há séculos, os meteoritos caem, aos milhões, sobre nosso globo e, sem sombra de dúvida, sobre os planetas de todos os sistemas estelares. É um atentado grave contra a atração, tal como você a entende. Na verdade, é uma forma de atração que você não conhece, ou, mais precisamente, que você despreza, porque ela só se aplica aos asteroides, não aos astros. Depois de ter gravitado por milhares de anos, seguindo todas as regras, um belo dia eles penetraram na atmosfera, violando a regra, e transformaram o movimento em calor, por sua fusão ou volatilização, ao atrito com o ar. O que acontece com os pequenos pode acontecer com os grandes. Vá explicar a gravitação no tribunal do Observatório como suspeita de ter, maliciosa e ilegitimamente, atirado ou deixado cair sobre a Terra aerólitos que deveria ter mantido passeando no vazio."

Sim, a gravitação abandonou, abandona e abandonará, como ela chocou, choca e chocará, uns contra os outros, velhos planetas, velhas estrelas, velhos defuntos, enfim, caminhando de maneira lúgubre em um velho cemitério, e, então, os falecidos brilham como um fogo de artifício, e chamas resplandecem para iluminar o mundo. Se esse meio não lhe convier, encontre um melhor. Mas cuidado. As estrelas têm apenas um tempo e, junto com seus planetas, constituem a totalidade da matéria. Se você não as ressuscitar, o Universo está acabado. No mais, continuaremos nossa demonstração sobre todos os modos, maiores ou menores, sem temer nos repetirmos. O assunto vale bastante a pena. Não dá no mesmo saber ou ignorar como o Universo subsiste.

Assim, até que se prove o contrário, os astros apagam-se de velhice e reacendem por meio de um choque. Esse é o modo de transformação da matéria nas individualidades siderais. Por que outro procedimento elas poderiam obedecer à lei comum da mudança e furtar-se à imobilização eterna? Laplace diz: "Existem, no espaço, corpos obscuros, tão grandes e, talvez, também tão numerosos quanto as estrelas." Esses corpos obscuros são simplesmente as estrelas apagadas. Estarão elas condenadas à perpetuidade cadavérica? E todas as estrelas vivas, sem exceção, irão se unir a elas para sempre? Como suprir essas lacunas?

A origem dada – muito vagamente, diga-se de passagem – por Laplace às nebulosas estelares é inverossímil. Tratar-se-ia de uma agregação de nebulosidades, de nuvens cósmicas volatilizadas, agregação formada incessantemente no espaço. Mas como? O espaço é, por toda parte, o que vemos: frio e trevas. Os sistemas estelares são massas enormes de matéria. De onde eles vêm? Do vazio? Essa improvisação com as nebulosidades não é aceitável.

Quanto à matéria caótica, ela não deveria aparecer no século XIX. Nunca existiu, nem existirá jamais, qualquer resquício de caos, em lugar algum. A organização do Universo é eterna. Ela nunca variou minimamente que fosse, nem cedeu um segundo sequer. Não há caos, nem mesmo sobre esses campos de batalha onde milhares de estrelas se chocam e se incendeiam durante vários séculos, para criar vivos a partir de mortos. A lei da atração preside sobre essas fusões fulminantes com tanto rigor quanto sobre as mais pacíficas evoluções da Lua.

Esses cataclismos são raros em todos os cantões do Universo, pois os nascimentos não poderiam exceder as mortes no cartório do infinito, e seus habitantes gozam de uma belíssima longevidade. A imensidão, livre em sua rota, é mais que suficiente para a sua existência, e a hora da morte chega muito tempo antes do fim da travessia. O infinito não é pobre nem em tempo nem em espaço. Ele os distribui a seus povos em justa e abundante proporção. Ignoramos o tempo dado, mas podemos imaginar o espaço pela distância das estrelas, nossas vizinhas.

O intervalo mínimo que nos separa delas é de 10 mil bilhões de léguas, um abismo. Não há, aí, uma trilha magnífica e bastante espaçosa para caminharmos com toda a segurança? Nosso Sol tem seus flancos protegidos. Sua esfera de atividade deve tocar, sem dúvida, a das atrações mais próximas. Não existem campos neutros para a gravitação. Aqui, nos faltam dados. Conhecemos o nosso entorno. Seria interessante determinar os campos dos focos luminosos, cujas esferas de atração são limítrofes à nossa, e arrumá-los ao seu redor, da mesma forma como se cerca um cavalo entre outros cavalos. Nosso domínio no Universo seria assim cadastrado. O que é impossível, pois, caso contrário, já teria sido feito. Infelizmente, não vamos medir paralaxes a partir de Júpiter ou de Saturno.

Nosso Sol avança, isso é incontestável, em função de seu movimento de rotação. Ele circula no mesmo sentido de milhares, talvez de milhões de estrelas que nos circundam e que estão em nosso exército. Ele viaja há séculos, e ignoramos o seu itinerário passado, presente e futuro.

O período histórico da humanidade já data de 6 mil anos. Já se faziam observações no Egito nesses tempos remotos. Com exceção de um deslocamento das constelações zodiacais, devido à precessão equinocial, nenhuma mudança foi constatada no aspecto do céu. Em 6 mil anos, nosso sistema poderia ter seguido em uma direção qualquer.

Seis mil anos, para um caminhante medíocre como o nosso globo, representa o quinto da estrada até Sírio. Nem um indício; nada. A aproximação rumo à constelação de Hércules continua sendo uma hipótese. Estamos paralisados no mesmo lugar, as estrelas, também. E, no entanto, estamos a caminho, com elas, em direção ao mesmo objetivo. Elas nos são contemporâneas, são nossas companheiras de viagem, e talvez venha daí sua aparente imobilidade: avançamos juntos. O caminho será longo, o tempo, também, até a hora da velhice, e, depois, da morte e, por fim, da ressurreição. Mas esse tempo e esse caminho, diante do infinito, é um pequenino ponto, nem mesmo um milésimo de segundo. Entre a estrela e o éter efêmero, a eternidade não faz distinção. Que são esses bilhões de sóis que se sucedem através dos séculos e do espaço? Uma chuva de faíscas. Essa chuva fecunda o Universo.

É por isso que a renovação dos mundos pelo choque e pela volatilização das estrelas defuntas se realiza a cada minuto em campos do infinito. Essas conflagrações gigantescas são, ao mesmo tempo, inúmeras e raras, dependendo se considerarmos o Universo ou só uma de suas regiões. Que outro meio poderia suprir a manutenção da vida geral? As nebulosas-cometas são fantasmas, as nebulosas estelares, reunidas não se sabe como, são quimeras. Não há nada, na imensidão, além de astros, pequenos e grandes, crianças, adultos ou mortos, e toda a sua existência é regrada. As crianças são as nebulosas volatilizadas; os adultos são as estrelas e seus planetas; os mortos são seus cadáveres tenebrosos.

O calor, a luz e o movimento são forças da matéria, e não a matéria propriamente dita. A atração que precipita em uma corrida incessante tantos bilhões de globos não pode acrescentar-lhe um átomo sequer, mas ela é a grande força fecundante, a fonte inesgotável que nenhuma prodigalidade inicia, já que ela é a propriedade comum e permanente dos corpos. É ela que aciona toda a mecânica celeste e lança os mundos em suas peregrinações sem fim. Ela é rica o bastante para fornecer à vivificação dos astros o movimento que o choque transforma em calor.

Esses encontros entre cadáveres siderais que se chocam até a ressurreição poderia até parecer uma perturbação da ordem. Perturbação! Mas o que aconteceria se os velhos sóis mortos, com seus rosários de planetas defuntos, continuassem indefinidamente sua procissão fúnebre, prolongada a cada noite por novos funerais? Todas essas fontes de luz e de vida que brilham no firmamento se apagariam, umas após as outras, como lampiões de uma iluminação. O Universo conheceria uma noite eterna.

As altas temperaturas iniciais da matéria não podem ter outra fonte que não seja o movimento, força permanente, de onde provêm todas as demais. Essa obra sublime, o avivamento de um sol, é prerrogativa da força-rainha. Qualquer outra origem seria impossível. Somente a gravitação renova os mundos, além de os dirigir e os manter, pelo movimento. É praticamente uma verdade do instinto, assim como do raciocínio e da experiência.

A experiência se apresenta a nós, todos os dias, diante dos olhos, cabe a nós vermos e concluirmos. O que é um aerólito que se incendeia e volatiliza atravessando os ares senão a imagem reduzida da criação de um sol pelo movimento transformado em calor? Também não seria uma desordem esse corpúsculo desviado de seu curso a fim de invadir a atmosfera? Isso é normal? E, entre essas nuvens de asteroides, que partem em alta velocidade sobre a trilha de sua órbita, por que o desvio de um único e não de todos? Onde está, em tudo isso, o sinal da ordem reinante?

Não há um lugar onde a perturbação dessa pretensa harmonia não estoure, e que seja, portanto, marasmo e, logo, decomposição. As leis do peso têm, aos milhões, corolários inesperados, dos quais espocam, aqui, uma estrela cadente, ali, uma estrela-sol. Por que excluí-las da harmonia geral? Esses acidentes desagradam, mas nós nascemos deles! Eles são os antagonistas da morte, fontes sempre abertas à vida universal. É por meio de um fracasso permanente da boa ordem que a gravitação reconstrói e repovoa os globos. A boa ordem que se apregoa os deixaria desaparecer no nada.

O Universo é eterno, os astros são perecíveis, e como eles formam a totalidade da matéria, cada qual passou por bilhões de existências. A gravitação, por seus choques ressuscitadores, os divide, mistura e remexe incessantemente, de maneira que não há nenhum que não seja composto da poeira dos demais. Cada centímetro do terreno que pisamos fez parte do Universo inteiro. Mas ele não passa de uma testemunha muda, que não conta o que viu na Eternidade.

A análise espectral, ao revelar a presença de vários *corpos simples* nas estrelas, contou apenas uma parte da verdade. O restante, ela conta aos poucos, com o progresso da experimentação. Duas observações importantes. As densidades de nossos planetas diferem. Mas a do Sol é o resumo proporcional, extremamente preciso, delas, e por isso ele permanece como o representante fiel da nebulosa primitiva. O mesmo fenômeno ocorre, certamente, em todas as estrelas. Quando os astros são volatilizados por um encontro sideral, todas as substâncias se confundem em uma massa gasosa que resulta do choque. Então, elas se classificam lentamente, de acordo com a lei do peso, pelo trabalho de organização da nebulosa.

Em cada sistema estelar, as densidades devem, portanto, se escalonar segundo a mesma ordem, de modo que os planetas se parecem, não por pertencerem ao mesmo Sol, mas por sua classe corresponder a todos os grupos. De fato, elas possuem, então, condições idênticas de calor, luz e densidade. Quanto às estrelas, sua constituição é seguramente parecida, pois elas produzem, bilhões de vezes, as misturas resultantes do choque e da volatilização. Os planetas, ao contrário, representam a triagem realizada pela diferença e pela classificação das densidades. Também é fato que a mistura dos elementos estelo-planetários, preparada infinitamente, é muito mais completa e íntima do que a das drogas que seriam submetidas, ao longo dc ccm anos, ao pilão de três gerações de farmacêuticos.

Já posso ouvir, porém, vozes bradando: "Onde se aufere o direito de supor a existência dessa tormenta perpétua no céu, que devora os astros, usando como desculpa a reformulação, e que inflige um desmentido tão grande à regularidade da gravitação? Onde estão as provas desses choques, dessas conflagrações ressuscitadoras? Os homens sempre admiraram a majestade imponente dos movimentos celestes, e agora se quer substituir uma ordem tão bela pela desordem permanente? Quem nunca conseguiu perceber sintomas, por ínfimos que fossem, de um alvoroço como esse?

"Os astrônomos são unânimes ao proclamar a invariabilidade dos fenômenos da atração. Todos têm a mesma opinião: ela é uma garantia absoluta de estabilidade, de segurança; mas eis que surgem teorias que pretendem torná-la um instrumento de desastres. A experiência dos séculos e o testemunho universal rejeitam energicamente tais alucinações.

"As mudanças observadas nas estrelas até agora não passam de irregularidades, quase todas, periódicas, o que descarta a ideia de catástrofe. A estrela da constelação de Cassiopeia, em 1572, a de Kepler, em 1604, reluziram apenas com um brilho temporário, circunstância inconciliável com a hipótese de uma volatilização. O Universo parece bastante tranquilo e segue seu rumo mansamente. Há 5 e 6 mil anos, a humanidade admira o espetáculo do Céu. Nenhum problema sério foi constatado. Os cometas nunca fizeram maiores males, além do medo causado. Seis mil anos é muita coisa! O campo do telescópio também é. Nem o tempo, nem a imensidão mostraram o que quer que fosse. Essas gigantescas transformações são sonhos."

Não se viu nada, de fato, mas porque não se pode ver nada. Embora frequentes na imensidão, essas cenas não têm público em lugar algum. As observações feitas sobre os astros luminosos concernem tão somente as estrelas de nossa província celeste, contemporâneas e companheiras do Sol, associadas, consequentemente, ao seu destino. Não podemos concluir que a calmaria de nossas paragens reflita uma monótona tranquilidade do Universo. As conflagrações renovadoras nunca têm testemunhas. Se as percebemos, é pelo outro lado de uma luneta que as mostra sob o aspecto de um lume quase imperceptível. O telescópio revela milhares desses lumes. Quando, por sua vez, nossa província voltar a ser palco desses dramas, as populações terão mudado de endereço há muito tempo.

Os incidentes de Cassiopeia, em 1572, e da estrela de Kepler, em 1604, não passam de fenômenos secundários. Temos toda a liberdade para atribuí-los a uma erupção de hidrogênio ou a uma queda de um cometa em uma estrela como um copo de óleo ou de álcool sobre um braseiro, provocando uma explosão de chamas efêmeras. Nesse caso, os cometas seriam um gás combustível. Quem sabe, e quem se importa com isso? Newton acreditava que eles alimentavam o Sol. Será que é possível generalizar essa hipótese e considerar essas perucas errantes como a comida habitual das estrelas? Dieta rala, totalmente incapaz de acender ou de reacender essas labaredas do mundo.

Permanece ainda o problema do nascimento e da morte dos astros luminosos. Quem os teria incendiado? E quando eles param de brilhar, quem os substitui? Nem um átomo de matéria pode ser criado, e, se as estrelas defuntas não se reacendem, o Universo se apaga. Eu lanço o desafio de resolver esse dilema: "Ou a ressurreição das estrelas, ou a morte universal..." É a terceira vez que o repito. Ora, o mundo sideral é vivo, bem vivo, e como cada estrela tem, em vida, apenas a duração de um relâmpago, todos os astros já acabaram e recomeçaram bilhões de vezes. Eu disse como. Pois bem, há quem ache extraordinária a ideia das colisões entre os globos percorrendo o espaço com a violência do raio. Extraordinária é a estupefação diante dessa ideia. Pois, afinal de contas, esses globos que se perseguem só evitam o choque por um triz. Nem sempre é possível evitá-lo. Quem procura acha.

Em função do que foi dito, temos o direito de concluir que existe uma unidade de composição no Universo, o que não quer dizer "unidade de substância". Os 64..., digamos os cem *corpos simples*, que formam nossa Terra, constituem igualmente todos os globos, sem distinção, exceto os cometas, que permanecem sendo um mito indecifrável e indiferente, e que, aliás, não são globos. A natureza, portanto, tem pouca variedade em seus materiais. É verdade que ela sabe tirar proveito deles, e quando a vemos fazer de dois corpos simples, o hidrogênio e o oxigênio, ora fogo, ora água, ora vapor, ora gelo, ficamos até um tanto aparvalhados. A química conhece muito bem essa lição, embora esteja longe de compreendê-la totalmente. Apesar de tamanha potência, cem elementos constituem uma margem bastante estreita, quando o canteiro de obras é o infinito. Venhamos aos fatos.

Todos esses corpos celestes, sem exceção, têm uma mesma origem: o incêndio através do choque. Cada estrela é um sistema solar, originado de uma nebulosa volatilizada nesse encontro. Ela é o centro de um grupo de planetas já formados ou em vias de formação. O papel da estrela é simples: foco de luz e de calor que acende, brilha e apaga. Consolidados pelo resfriamento, somente os planetas possuem o privilégio da vida orgânica, que sorve o calor e a luz do foco, e apaga com ele. A composição e o mecanismo de todos os astros são idênticos. Apenas o volume, a forma e a densidade variam. Todo o Universo se instala, funciona e vive segundo esse esquema. Não existe nada mais uniforme.

VII

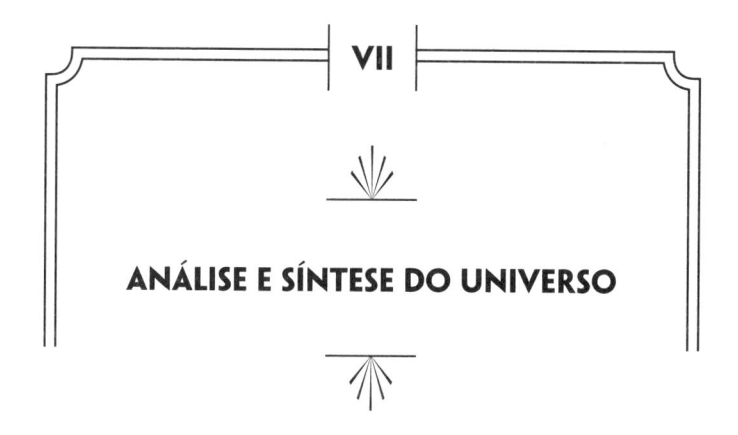

ANÁLISE E SÍNTESE DO UNIVERSO

Aqui, penetramos diretamente na obscuridade da linguagem, porque eis que se apresenta uma questão obscura. Não se dá conta do infinito com palavras. Será, assim, permitido retomar várias vezes nosso pensamento. A necessidade justifica as repetições.

O primeiro inconveniente é o de nos vermos face a face com uma aritmética rica, muito rica em nomes de números, riqueza esta, infelizmente, bastante ridícula em sua forma. Trilhões, quatrilhões, sextilhões etc. são grotescos e, além do mais, dizem menos à maioria dos leitores do que um termo vulgar a que estejamos acostumados, e que é a expressão por excelência das grandes quantidades: *bilhão*. Em astronomia, o termo é parco, e, em se tratando de infinito, é quase zero. É lamentável, mas é justamente a propósito de infinito que ele surge sob nossa pluma; então, ele mente além das medidas e continua mentindo quando se trata simplesmente de *indefinido*. Nas páginas seguintes, os números, única linguagem possível, sofrerão de imprecisão ou de falta de sentido. Não será culpa sua, nem minha; a culpa é do assunto. A aritmética não combina com ele.

A natureza tem, portanto, cem *corpos simples* ao alcance da mão, a fim de forjar todas as suas obras e vertê-los em uma fôrma uniforme: "o sistema estelo-planetário". Construir tão somente sistemas estelares, tendo cem *corpos simples* como totalidade dos materiais, é muito trabalho e pouca ferramenta. É verdade que com um projeto tão monótono e elementos tão pouco variáveis, não é fácil criar combinações diferentes, que bastem para povoar o infinito. O recurso às repetições torna-se indispensável.

Dizem que a natureza nunca se repete e que não existem dois homens, nem duas folhas semelhantes. Isso é possível, a rigor, em relação aos homens de nossa Terra, cujo número total, bastante restrito, é repartido entre várias raças. Mas existem, aos milhares, folhas de carvalho exatamente semelhantes, e grãos de areia, aos bilhões.

Certamente, os *corpos simples* podem fornecer um número assustador de combinações estelo-planetárias *diferentes*. Os X e os Y seriam dificilmente calculados nessa conta. Em suma, esse número não é sequer indefinido, ele é finito. Possui um limite fixo. Uma vez atingido, é proibido ir além. Esse limite torna-se o do Universo que, por isso, não é infinito. Os corpos celestes, apesar de sua inenarrável multiplicidade, não ocupariam mais que um ponto no espaço. Isso é admissível? A matéria é eterna. Não se pode conceber um instante que seja em que ela não tenha sido constituída de globos regulares, submetidos às leis da gravitação, e esse privilégio seria o atributo de alguns esboços perdidos no meio do vazio! Destroços no infinito! Absurdo. Argumentamos, em princípio, a infinitude do Universo, consequência da infinitude do espaço.

Ora, a natureza não tem que realizar o impossível. A uniformidade de seu método, visível por toda parte, desmente a hipótese de criações infinitas, exclusivamente originais. Seu número é limitado, naturalmente, pela quantidade muito reduzida dos *corpos simples*. Trata-se, de certa maneira, de *combinações-tipo*, cujas *repetições* sem fim preenchem a imensidão. *Diferentes, diferenciadas, distintas, primordiais, originais, especiais*, todos esses termos, que exprimem a mesma ideia, são, para nós, sinônimos de *combinações-tipo*. A fixação de seu número pertence à álgebra, se esse tipo de problema não ficasse indeterminado, ou, em outras palavras, insolúvel, por falta de dados. Aliás, essa indeterminação não poderia equivaler, nem levar à conclusão do infinito. Cada um dos *corpos simples* é, provavelmente, uma quantidade infinita, já que eles formam, sozinhos, toda a matéria. Mas o que não é infinita é a variedade desses elementos, que não ultrapassam a centena. Mesmo que fossem mil, e não são, o número de *combinações-tipo* cresceria a uma cifra fabulosa, mas, não podendo chegar ao infinito, permaneceria insignificante em sua presença. Podemos, assim, dar como demonstrada sua impotência para povoar a imensidão com *tipos originais*.

Resta esse argumento indisputado: o Universo possui, por unidade orgânica, o grupo *estelo-planetário*, ou simplesmente *estelar*, ou *planetário*, ou ainda *solar*, quatro nomes igualmente convenientes e de mesmo significado. Ele é inteiramente formado por uma série infinita desses sistemas, todos provenientes de uma nebulosa volatilizada que se condensou em sol e planetas. Esses corpos, sucessivamente resfriados, circulam ao redor do foco central, cujo enorme volume o mantém em combustão. Eles devem, portanto, se movimentar no limite da atração de seu sol e, aliás, não poderiam ultrapassar a circunferência da nebulosa primitiva que os engendrou. Seu número se encontra, dessa forma, bastante restrito. Ele depende da grandeza original da nebulosa. No nosso caso, são eles: Mercúrio, Vênus, Terra (Marte, o planeta abortado), representada por seus resíduos, Júpiter, Saturno, Urano, Netuno. Cheguemos a uma dúzia, admitindo ainda três desconhecidos. A distância entre eles aumenta em tamanha progressão, que seria difícil estender para mais longe os limites de nosso grupo.

Os outros sistemas estelares variam, provavelmente, em grandeza, mas dentro de proporções bastante circunscritas às leis do equilíbrio.

Supõe-se que Sírio seja 150 vezes maior que nosso Sol. Como sabê-lo? Até agora, só temos paralaxes problemáticas, sem valor. Além do mais, como o telescópio não aumenta as estrelas, os olhos apenas as apreciam e conseguem estimar tão somente aparências, que dependem de causas diversas. Não vemos, portanto, justificativa para atribuir-lhes grandezas variadas, nem mesmo grandezas estimadas. Trata-se de sóis, e pronto. Se o nosso governa 12 astros no máximo, por que os seus confrades teriam reinos maiores? – "Por que não?", pode-se retrucar. Na verdade, a resposta é tão válida quanto a pergunta.

Admitamos que sim. As causas da diversidade continuam sendo muito tênues. Em que consistem? A principal reside nas desigualdades de volume das nebulosas, que levam a desigualdades correspondentes em tamanho e número dos planetas de sua usina. Vêm, então, as desigualdades de choque que modificam a velocidade de rotação e de translação, o achatamento dos polos, as inclinações do eixo sobre a eclíptica etc. etc.

Designemos, também, as causas da similitude. Identidade de formação e de mecanismo: uma estrela, condensação de uma nebulosa e centro de várias órbitas planetárias, espaçadas a determinados intervalos, esse é o fundo comum. Além disso, a análise espectral revela a unidade de composição dos corpos celestes. Os mesmos elementos por toda parte; o Universo não passa de um conjunto de famílias unidas, de certa forma, pela carne e pelo sangue. Mesma matéria, classificada e organizada pelo mesmo método, na mesma ordem. Fundo e governo idênticos. Eis o que parece limitar de maneira singular as dessemelhanças e escancarar a porta aos menecmos. Entretanto, convém repetir, desses dados podem surgir, em números inimagináveis, combinações *diferentes* de sistemas planetários. Esses números iriam ao infinito? Não, porque são todos formados de cem *corpos simples* – cifra ínfima.

O infinito revela que a geometria não tem nada a ver com a álgebra, que é, por vezes, um jogo; a geometria, jamais. A álgebra tateia no escuro, cegamente. Ao final dessa busca cega, chega somente a resultados que constituem belas fórmulas, às vezes a mistificações. A geometria nunca adentra nas sombras, mantém os olhos fixos nas três dimensões, que não admitem sofismas nem passes de mágica. Ela nos diz: olhem esses milhares de globos, fraco recanto do Universo, e lembre-se de sua história. Uma conflagração os tirou do seio da morte e os lançou no espaço, imensas nebulosas, origem de uma nova Via Láctea. Por meio de uma, conheceremos o destino de todas.

O choque da ressurreição confundiu todos os *corpos simples* da nebulosa, volatilizando-os. A condensação os separou novamente, para, então, classificá-los segundo as leis do peso, em cada planeta, assim como em cada conjunto do grupo. As partes ligeiras predominam nos planetas excêntricos, as partes densas, nos centrais. Daí, para a proporção dos *corpos simples*, e até mesmo para o volume total dos globos, a tendência necessária à similitude entre os planetas de mesmo tipo em todos os sistemas estelares; grandeza e leveza progressivas, da capital às fronteiras; pequenez e densidade cada vez mais pronunciadas, das fronteiras à capital. A conclusão se insinua. A uniformidade do modo de criação dos astros e a comunidade de seus elementos implica em semelhanças mais que fraternais entre eles. Essas paridades crescentes de constituição devem, obviamente, desembocar na frequência da identidade. Os menecmos tornam-se sósias.

Esse é nosso ponto de partida para afirmar a limitação das combinações *diferenciadas* da matéria e, consequentemente, sua insuficiência para semear corpos celestes pelos campos da imensidão. Essas combinações, apesar de sua multiplicidade, têm um término e, por isso, devem se repetir para atingir o infinito. A natureza reproduz cada uma de suas obras em bilhões de exemplares. Na textura dos astros, a similitude e a repetição constituem a regra; a dessemelhança e a variedade, a exceção.

Diante das dificuldades de concepção dos números, como formulá-los, a não ser pelas cifras – seus únicos intérpretes? Ora, esses intérpretes compulsórios são, aqui, infiéis ou impotentes; infiéis quando se trata de *combinações-tipo* da matéria cujo número é limitado; impotentes e vazios quando se fala de *repetições infinitas* dessas combinações. No primeiro caso, o das combinações originais ou tipo, as cifras serão arbitrárias, vagas, tomadas ao acaso, sem valor, mesmo que aproximado. Mil, cem mil, um milhão, um trilhão etc. etc., sempre um erro – mas um erro para mais ou para menos, simplesmente. No segundo caso, ao contrário, o das *repetições infinitas*, toda cifra torna-se um absurdo absoluto, já que pretende exprimir o inexprimível.

Para falar a verdade, não se trata de cifras reais: para nós, não passam de uma locução. Apenas dois elementos são levados em conta: o *finito* e o *infinito*. Nossa tese defende que os cem *corpos simples* não poderiam se prestar à formação de combinações *originais infinitas*. Então, no fundo, haverá confronto apenas entre o *finito*, representado pelas cifras indeterminadas, e o *infinito*, por uma cifra convencional.

Os corpos celestes são, assim, classificados em *originais* e *cópias*. Os *originais* são o conjunto dos globos que formam, cada qual, um tipo especial. As *cópias* são as *repetições, exemplares* ou *provas* desse tipo. O número de *tipos originais* é limitado, e o das *cópias* ou repetições, infinito. É através dele que o Universo se constitui. Cada tipo tem, atrás de si, um exército de sósias, cujo número não tem limite.

Quanto à primeira classe ou categoria, a dos *tipos*, as diversas cifras, tomadas livremente, não podem ter, nem terão qualquer exatidão; elas significam puramente *muito*. Quanto à segunda classe, ou seja, a das *cópias, repetições, exemplares, provas* (palavras todas sinônimas), o termo *bilhão* será o único usado; ele significa *infinito*.

Concebe-se que os astros possam ser em número infinito e reproduzir, todos, um único e mesmo *tipo*. Admitamos por um instante que todos os sistemas estelares, materiais e pessoais, sejam um decalque absoluto do nosso, planeta por planeta, sem uma vírgula sequer de diferença. Essa coleção de *cópias* formaria, por si só, o infinito. Haveria um único tipo no Universo inteiro. É claro que não é o caso. O número de combinações-*tipo* é incalculável, apesar de *finito*.

Apoiada sobre os fatos e raciocínios precedentes, nossa tese afirma que a matéria não poderia atingir o infinito na diversidade das combinações siderais. Ah! Se os elementos de que ela dispõe fossem, eles próprios, de uma variedade infinita; se nós pudéssemos estar convencidos de que os astros longínquos não têm nada em comum com a composição de nossa Terra; e que a natureza trabalha, em todos os lugares, com o desconhecido, poderíamos falar em infinito a todo instante. Há trinta anos, nós já pensávamos que, devido à infinidade dos corpos celestes, nosso planeta devia existir como um exemplar entre milhares. Só que essa opinião provinha apenas de um instinto, não se apoiava em absolutamente nada além do dado do *infinito*. A análise espectral mudou a situação completamente e abriu as portas à realidade, que agora adentra por ela.

A ilusão acerca das estruturas fantásticas veio abaixo. Nenhum há outro material, em lugar algum, além dos cem *corpos simples*, dos quais vemos diariamente dois terços. É com esse parco leque que se deve fazer e refazer, sem trégua, o Universo. O sr. Haussmann fez muito uso disso para reconstruir Paris. Ele utilizou os mesmos elementos. Não é a variedade que brilha nas suas construções. A natureza, que também demole para reconstruir, tem um pouco mais de sucesso em suas arquiteturas. Ela sabe extrair de sua indigência um partido tão rico que se hesita antes de atribuir um fim à originalidade de suas obras.

Atentemos um pouco mais para essa questão. Supondo todos os sistemas estelares de igual duração – cem mil milhões de anos, por exemplo –, imaginemos, também hipoteticamente, que eles comecem e terminem juntos, no mesmo minuto. Sabemos que todos esses grupos, por assim dizer, de mesmo sangue, de mesma carne, de mesma ossatura, também se desenvolvem pelo mesmo método. Nos diversos sistemas, os planetas se ordenam simetricamente, de acordo com a intimidade de sua semelhança, e essas similitudes os empurram, a todos, à identidade. Cem *corpos simples*, materiais únicos e comuns a um conjunto fundamentalmente solidário, seriam capazes de fornecer uma combinação *diferente* e *especial* para cada globo, ou seja, um número infinito de *originais distintos*? Não, claro que não, pois as diversidades de cada espécie que fazem as combinações variarem dependem de um número bastante restrito: *cem*. Os astros *diferenciados* ou *tipo* ficam, assim, reduzidos a uma cifra limitada, e a infinidade dos globos só pode surgir de uma infinidade de *repetições*.

Assim, temo que as combinações originais se esgotem sem ter conseguido atingir o infinito. Miríades de sistemas estelo-planetários diferentes circulam no interior de uma província da imensidão; eles só conseguiriam povoar uma única província. A matéria vai ficar aí, parecendo-se a um ponto no céu? Ou vai se contentar com mil, dez mil, cem mil pontos que aumentariam infimamente seu parco território? Não, sua vocação, sua lei, é o infinito. Ela não se deixará dominar pelo vazio. O espaço não se tornará sua prisão. Ela saberá invadi-lo para vivificá-lo. Aliás, por que o infinito não seria o apanágio universal? Por que não seria a propriedade do capim e do limão, assim como do Grande Todo?

Essa é, com efeito, a verdade que ressurge desses vastos problemas. Descartemos, agora, a hipótese que levou à nossa demonstração. Os sistemas planetários não fornecem, bem entendido, uma carreira contemporânea. Pelo contrário: suas idades se emaranham e entrecruzam de todas as formas e a todo momento, desde o nascimento inflamado da nebulosa até a morte da estrela e o choque que a ressuscita.

Deixemos de lado, por um instante, os sistemas estelares *originais*, para nos ocuparmos mais especialmente da Terra. Nós a ligaremos em breve a um deles, ao nosso sistema solar, do qual ela faz parte e que regula o seu destino. Nossa tese concebe que o homem, como todos os animais e as coisas, não possui exclusividade sobre o infinito. Ele mesmo não passa de algo efêmero. Mas o globo do qual ele é filho o faz participar do direito à infinidade no tempo e no espaço. Cada um de nossos sósias é filho de uma Terra, ela própria sósia da nossa. Fazemos parte do decalque. A Terra-sósia reproduz exatamente tudo o que existe na nossa e, consequentemente, cada indivíduo, cada família, sua residência – quando ele possui uma –, enfim, todos os acontecimentos de sua vida. É uma duplicata do nosso globo, recipiente e conteúdo. Está tudo lá.

Os sistemas estelares escalonam seus planetas ao redor do Sol, em uma ordem regulada pelas leis do peso, que conferem, assim, a cada grupo, um lugar simétrico em criações análogas. A Terra é o terceiro planeta a partir do Sol, e esse lugar se deve, provavelmente, a condições particulares de grandeza, densidade, esfera etc. Milhões de sistemas estelares devem parecer com o nosso devido à quantidade e à disposição de seus astros. Pois o cortejo é disposto de maneira estrita, segundo as leis da gravitação. Em todos os grupos de oito a doze planetas, o terceiro tem uma forte probabilidade de não diferir muito da Terra. Primeiro, devido à distância do Sol, condição essencial que confere identidade de calor e de luz. O volume e a massa, a inclinação do eixo sobre a eclíptica podem variar. E, ainda, se a nebulosa equivaler aproximadamente à nossa, é muito provável que o desenvolvimento siga, passo a passo, a mesma trajetória.

Suponhamos, entretanto, diversidades que limitem a aproximação a uma simples analogia. Contaremos as Terras dessa espécie aos bilhões antes de encontrarmos uma semelhança total. Todos esses globos terão, como nós, relevos montanhosos, flora, fauna, mares, atmosfera, homens. A duração dos períodos geológicos, a repartição das águas, dos continentes, das ilhas, das raças animais e humanas, porém, oferecerão variedades incontáveis. Mas não vamos nos deter nessa questão.

Uma Terra nasce, enfim, com nossa humanidade, que desenvolve suas raças, suas migrações, suas lutas, seus impérios, suas catástrofes. Todas essas peripécias vão alterar os seus destinos, lançá-la sobre caminhos que não são os do nosso globo. A cada minuto, a cada segundo, milhares de direções diferentes se oferecem a esse gênero humano. Ele escolhe uma, abandonando para sempre as demais. Quantos desvios, para um lado e para outro, modificam os indivíduos, a história! O que não é o caso do nosso passado. Deixemos de lado essas provações confusas. Elas não deixarão de seguir seus caminhos e constituirão outros mundos.

No entanto, chegamos onde queríamos. Eis um exemplar completo, coisas e pessoas. Não há uma pedra, uma árvore, um rio, um animal, um homem, nem um incidente que não tenha encontrado o seu lugar e o seu instante na duplicata. Trata-se de uma verdadeira Terra-sósia... pelo menos, até hoje. Pois, amanhã, os acontecimentos e os homens seguirão em sua caminhada. A partir de então, tudo será, para nós, desconhecido. O futuro de nossa Terra, como o seu passado, mudará de direção milhões de vezes. O passado é um fato consumado; ele é o nosso passado. O futuro estará selado apenas com a morte do globo. Até lá, cada segundo levará a uma bifurcação: o caminho que tomaremos, o caminho que poderíamos ter tomado. Seja lá qual for, o caminho que deverá completar a existência individual do planeta até o seu último dia já foi percorrido bilhões de vezes. Ele não passa de uma cópia impressa de antemão pelos séculos.

Os acontecimentos não são os únicos a criar variantes humanas. Que homem não se vê, por vezes, diante de duas opções de carreira? Aquela da qual ele se afasta lhe proporcionaria uma vida bastante diferente, apesar de lhe conferir a mesma individualidade. Uma conduz à miséria, à vergonha, à servidão. A outra, à glória, à liberdade. Aqui, uma mulher encantadora e a felicidade; ali, uma megera e a desolação. Isso vale para os dois sexos. Não importa se fazemos as coisas por acaso ou por meio de escolhas, de qualquer forma, não escapamos da fatalidade. Mas a fatalidade não se funda no infinito, o qual não conhece as alternativas e o lugar de todas as coisas. Uma Terra existe lá onde o homem segue a rota desprezada pela outra Terra, pelo seu sósia. Sua existência se reduz, um globo para cada uma, e continua se bifurcando uma segunda vez, uma terceira vez, milhares de vezes. Ele possui, assim, sósias completos e variantes incontáveis de sósias, que multiplicam e sempre representam sua pessoa, mas que só adotam frangalhos de seu destino. Tudo o que poderíamos ser aqui, somos em algum outro lugar. Além da existência completa, do nascimento à morte, que vivemos em uma multidão de Terras, vivemos em outras dez mil edições diferentes.

Os grandes acontecimentos de nosso globo têm uma contrapartida, sobretudo quando a fatalidade teve um papel primordial. Os ingleses perderam, talvez, muitas vezes a Batalha de Waterloo em globos onde seu adversário não cometeu a imprudência de Grouchy. Foi por pouco. Por outro lado, Napoleão nem sempre grita vitória em Marengo – o que foi, aqui, um golpe de sorte.

Já posso ouvir clamores: "Epa! Que maluquice é essa, saída diretamente de um hospício? Quer dizer que existem bilhões de exemplares de Terras análogas? E outros bilhões que se parecem com a nossa? Centenas de milhões com as mesmas tolices e crimes cometidos pela humanidade? E também milhares de milhões para as fantasias individuais? Cada uma de nossas variações de humor, boas ou ruins, terá, em algum globo, uma amostragem especial à sua disposição? Todos os cantos do céu estão cheios de nossos duplos!"

Não, claro que não, esses duplos não são vários em lugar nenhum. Eles são até bastante raros, mesmo que os contem aos bilhões, ou seja, que não os contem. Nossos telescópios, que têm um campo muito vasto a percorrer, não descobririam nem uma única edição de nosso planeta, mesmo que ela fosse visível. Seria necessário multiplicar por mil ou cem mil o espaço visível para se ter a oportunidade de tal visão. Entre mil milhões de sistemas solares, quem pode dizer se encontraríamos uma única reprodução de nosso grupo ou de um de seus membros? E, no entanto, seu número é infinito. Dissemos no início: "Mesmo que cada palavra enunciasse as mais assustadoras distâncias, falaríamos durante bilhões de bilhões de séculos, à razão de uma palavra por segundo, para exprimir, ao final das contas, uma mera insignificância, já que estamos tratando do infinito."

Essa ideia encontra aqui sua aplicação. Enquanto *tipos especiais*, cada qual com um único exemplar, as miríades de Terras, ainda que *diferentes*, não passariam de um ponto no espaço. Cada uma delas tem que ser repetida *infinitamente*, antes de servir para algo. A Terra, sósia exata da nossa, desde o dia de seu nascimento até o dia de sua morte, e depois ao de sua ressurreição, existe em bilhões de cópias, uma para cada segundo de sua duração. É o destino enquanto *repetição* de uma combinação *original*, e todas as *repetições* dos outros *tipos* o partilham.

O anúncio de uma duplicata de nossa residência terrestre, com todos os seus hóspedes, sem distinção, desde o grão de areia até o imperador da Alemanha, pode parecer uma façanha um tanto fantástica, sobretudo em se tratando de duplicatas editadas aos bilhões. O autor, naturalmente, tem razões excelentes para isso, pois já as editou cinco ou seis vezes, sem prejuízo do futuro. Parece-lhe difícil que a natureza, executando a mesma tarefa com os mesmos materiais e segundo um mesmo padrão, não seja obrigada a verter com frequência o amálgama dentro do mesmo molde. Seria espantoso se não fosse assim.

Quanto às profusões de tiragens, isso não atrapalha o infinito, pois ele é rico. Por mais insaciável que seja, ele possui recursos para além de todas as demandas, além de todos os sonhos. Aliás, essa chuva de *provas* não cai em abundância em um só lugar. Ela se espalha através dos campos incomensuráveis. Pouco nos importa se nossos sósias são nossos vizinhos. Mesmo que estivessem na Lua, ou onde o vento faz a curva, lendo o jornal calçando pantufas, ou vendo a Batalha de Valmy, que está acontecendo agora em milhares de Repúblicas Francesas.

Você acredita que, do outro lado do infinito, em alguma Terra compassiva, o príncipe real, tendo chegado tarde demais a Sadowa, permitiria que o infeliz Benedeck ganhasse a batalha?... E eis Pompeu, que acaba de perder a de Farsala. Pobre coitado! Ele vai buscar consolo em Alexandria, ao lado do amigo, o rei Ptolomeu... Cesar vai rir bastante... Ih! Ele acabou de receber, em pleno senado, as suas 22 punhaladas... Ora, essa é a ração cotidiana desde o não começo do mundo, e ele as recebe com um espírito filosófico imperturbável. É verdade que seus sósias não o avisam do perigo. É isso que aterroriza! Não se tem como saber. Se fosse permitido conhecer a história de vida de cada um, e alguns bons conselhos aos duplos que se têm no espaço, os pouparíamos de muitas amolações e mágoas...

Apesar da brincadeira, isso é sério. Não se trata de antileões, antitigres, nem de olhos nas pontas de caudas; trata-se de matemática e de fatos positivos. Desafio a natureza a não fabricar, diariamente, desde que o mundo é mundo, bilhões de sistemas solares, decalques servis do nosso, material e pessoal. Eu lhe permito esgotar o cálculo das probabilidades, sem deixar nenhuma de fora. Assim que chegar ao fim de seu acervo, eu a remeto ao infinito, e mando logo recomeçar, ou seja, que execute duplicatas interminavelmente. Mas não alegaria, como pretexto, a beleza das amostras, que seria uma pena não multiplicar insaciavelmente. Parece-me, ao contrário, malsão e bárbaro envenenar o espaço com um monte de países fétidos.

Observações inúteis, aliás. A natureza não conhece, nem pratica a moral em sua ação. O que ela faz, não faz de propósito. Ela trabalha de olhos vendados, destrói, cria, transforma. O restante não a interessa. Com os olhos fechados, ela aplica o cálculo das probabilidades melhor do que todos os matemáticos conseguem explicá-lo de olhos bem abertos. Nem uma variante lhe escapa, nem uma oportunidade fica esquecida no fundo de um saco. Ela tira todos os números do sorteio. Quando não resta mais nenhum, ela abre a caixa das repetições, que também é um barril sem fundo, que não se esvazia jamais, ao contrário do tonel das Danaides, que não era possível encher.

A matéria procede dessa maneira, desde que começou a existir, e isso não é de hoje. Trabalhando com um projeto uniforme, com cem *corpos simples*, que não aumentam nem diminuem em um átomo sequer; ela não tem como não repetir, infinitamente, uma certa quantidade de combinações *diferentes*, que, por isso, chamamos de *primordiais, originais* etc. etc. Desse canteiro de obras só saem sistemas estelares.

Somente assim um astro existe, sempre existiu, sempre existirá, não em sua personalidade atual, temporária e perecível, mas em uma série infinita de personalidades semelhantes que se reproduzem através dos séculos. Ele pertence a uma das combinações originais permitidas pelos arranjos dos diversos *corpos simples*. Idêntico às suas encarnações precedentes, diante das mesmas condições, ele vive e viverá exatamente a mesma vida de conjunto e de detalhes de seus avatares anteriores.

Todos os astros são repetições de uma combinação *original*, ou *tipo*. Não seria possível que se formassem novos *tipos*. O número de tipos está necessariamente esgotado desde a origem das coisas – embora as coisas não tenham tido uma origem. Isso quer dizer que um número fixo de combinações *originais* existe por toda a eternidade e, como a matéria, não pode sofrer aumentos nem diminuições. Ele é e continuará sendo o mesmo, até o fim das coisas, que não podem acabar, assim como não começam. Eternidade dos *tipos* atuais, no passado e no futuro, e nem um astro sequer que não seja um *tipo* repetido infinitamente, no tempo e no espaço. Essa é a realidade.

Nossa Terra, como os outros corpos celestes, é a *repetição* de uma combinação *primordial*, que se reproduz, sempre a mesma, e que existe simultaneamente em bilhões de exemplares idênticos. Cada exemplar nasce, vive e morre aos bilhões, a cada segundo que passa. Em cada um deles, ocorrem todas as coisas materiais, todos os seres organizados, na mesma ordem, no mesmo lugar, na mesma hora em que se sucedem em outras Terras, suas sósias. Consequentemente, todos os fatos realizados ou por realizar em nosso globo, antes de sua morte, se realizam exatamente da mesma maneira em bilhões de seus semelhantes. E como as coisas se dão assim em todos os sistemas estelares, o Universo inteiro é a reprodução permanente, sem fim, de um material e um pessoal sempre renovado e sempre o mesmo.

A identidade de dois planetas exige a identidade de seus sistemas solares? Sem sombra de dúvida, a dos dois sóis é absolutamente necessária, sob pena de mudança nas condições de existência, o que levaria os dois astros a terem destinos diferentes, apesar de sua identidade original, o que, de resto, é pouco provável. Nos dois grupos solares, porém, a similitude completa também é obrigatória entre todos os globos correspondentes segundo seu número de ordem? Tem que haver Mercúrio duplo, Marte duplo, Netuno duplo etc. etc.? Pergunta sem resposta por insuficiência de dados.

Provavelmente, esses corpos sofrem influência recíproca, e a ausência de Júpiter, por exemplo, ou sua redução a nove décimos seria para seus vizinhos uma causa sensível de modificação. Entretanto, o distanciamento atenua essas causas e pode até anulá-las. Além disso, o Sol reina sozinho, como luz e calor, e quando se lembra que sua massa está para a de seu cortejo planetário assim como 744 está para 1, parece que esse enorme poder de atração deve anular toda rivalidade. Mas não é assim. Os planetas exercem sobre a Terra uma ação bem conhecida.

Essa questão, todavia, nos é indiferente e não afeta nossa tese. A possibilidade de identidade entre duas Terras, sem que isso se reproduza também entre os outros planetas correlativos, é uma evidência, pois a natureza não perde nenhuma combinação. Em caso contrário, pouco importa. Pode-se aceitar que as Terras-sósias exijam, como condição *sine qua non*, sistemas solares-sósias. A consequência é, simplesmente, milhões de grupos estelares, em que nosso globo, em vez de sósias, possui menecmos em diversos graus, combinações *originais*, repetidas ao infinito, assim como todas as outras.

Sistemas solares, perfeitamente idênticos e em número infinito, satisfazem, aliás, sem maiores dificuldades, o programa obrigatório. Eles constituem um *tipo original*. Nele, todos os planetas correspondentes em escalão oferecem a mais inatacável identidade. Nele, Mercúrio é sósia de Mercúrio, Vênus, de Vênus, a Terra, da Terra etc. Esses sistemas se disseminam no espaço aos bilhões, como *repetições* de um *tipo*.

Entre as combinações *diferenciadas*, existiriam entre elas algumas em que as diferenças ocorrem nos globos idênticos antes da hora de seu nascimento? É preciso estabelecer uma distinção. Essas mutações não são admissíveis enquanto obras espontâneas à própria matéria. O minuto inicial de um astro determina toda a sua série de transformações materiais. A natureza tem somente leis inflexíveis, imutáveis. Enquanto elas governam sozinhas, tudo segue uma marcha fixa e fatal. Mas as variações começam com os seres animados que têm vontades, ou seja, caprichos. Sobretudo, assim que os homens passam a intervir, a fantasia intervém com eles. Não que eles possam afetar em muito o planeta. Seus esforços gigantescos não abalam nem um formigueiro – o que não os impede de se arvorarem como conquistadores e ficarem em êxtase diante de seu gênio e poder. Em breve, a matéria varrerá essas obras de mirmidões, assim que eles pararem de as defenderem contra ela. Pense nessas cidades famosas: Nínive, Babilônia, Tebas, Mênfis, Persépolis, Palmira – onde pululavam milhões de habitantes com sua atividade febril. O que restou delas? Nem sequer seus escombros. O mato ou a areia recobrem seus túmulos. Se as obras humanas forem negligenciadas por um instante, a natureza, aprazivelmente, começa a demoli-las, e, se não nos apressarmos, se reinstala e floresce sobre seus destroços.

Se por um lado os homens importunam pouco a matéria, por outro, eles se incomodam muito entre si. Sua turbulência nunca atrapalha demasiadamente o avanço natural dos fenômenos físicos, mas transtorna a humanidade. É preciso, portanto, prever essa influência subversiva, que muda o curso dos destinos individuais, destrói ou altera as raças animais, despedaça nações e derruba impérios. É fato que essas brutalidades se realizam sem sequer arranhar a epiderme terrestre. O desaparecimento dos perturbadores não deixaria rastros de sua presença dita soberana, e seria suficiente para devolver à natureza sua virgindade minimamente afetada.

É entre os próprios homens que as vítimas se formam, culminando em imensas mudanças.

No vento das paixões e dos interesses em luta, sua espécie se agita com mais violência do que um oceano sob efeito de uma tempestade. Quanta diferença entre a marcha de humanidades que começaram sua carreira com o mesmo pessoal, devido à identidade das condições materiais de seus planetas! Se considerarmos a mobilidade dos indivíduos, os mil problemas que atrapalham incessantemente sua existência, chegaremos facilmente a sextilhões de sextilhões de variantes no gênero humano. Mas apenas uma única combinação *original* da matéria, a de nosso sistema solar, fornece, por meio de *repetições*, bilhões de terras, que asseguram a existência de sósias aos sextilhões de humanidades diversas, saídas das efervescências dos homens. O primeiro ano da trajetória não engendrará mais que dez variantes; a segunda, dez mil, a terceira, milhões, e assim por diante, em um *crescendo* proporcional ao progresso que se manifesta, como bem sabemos, por procedimentos extraordinários.

Essas diferentes coletividades humanas têm apenas uma coisa em comum: a duração, já que nascidas de *cópias* do mesmo *tipo original*, cada qual escrevendo o seu exemplar à sua maneira.

O número dessas histórias particulares, por maior que seja, será sempre um número *finito*, e sabemos que a combinação *primordial* é infinita pelas *repetições*. Cada uma dessas histórias particulares, representando uma mesma coletividade, é editada em bilhões de *provas* parecidas, e cada indivíduo, parte integrante dessa coletividade, possui consequentemente sósias aos bilhões. Sabemos que todos os homens podem ter, ao mesmo tempo, muitas variantes, em decorrência de mudanças de rota que seus sósias percorrem em suas Terras respectivas, mudanças essas que desdobram a vida sem afetar a personalidade.

Condensemos: a matéria, obrigada a construir tão apenas nebulosas, transformadas mais tarde em grupos estelo-planetários, não pode, apesar de sua fecundidade, ultrapassar um certo número de combinações *especiais*. Cada um desses *tipos* é um sistema estelar que se repete sem fim – único meio de proceder ao povoamento da imensidão. Nosso Sol, com seu cortejo de planetas, é uma das combinações *originais*, e esta, como todas as demais, é tirada em bilhões de provas. De cada uma dessas provas, naturalmente, faz parte uma Terra idêntica à nossa, uma Terra sósia quanto à sua constituição material e que, por conseguinte, engendra as mesmas espécies vegetais e animais, que nascem na superfície terrestre.

Todas as humanidades, idênticas na hora do despertar, seguem, cada uma em seu planeta, a rota traçada pelas paixões, e os indivíduos contribuem à modificação dessa rota por sua influência particular. Como resultante, apesar da identidade constante de seu início, a humanidade não tem o mesmo pessoal em todos os globos semelhantes, e cada um desses globos, de certa maneira, tem sua humanidade especial saída da mesma fonte e do mesmo ponto de partida que as demais, mas alterada em seu percurso por mil caminhos, para chegar, no final, a uma vida e a uma história diferentes.

O número restrito de habitantes de cada Terra, entretanto, não permite a essas variantes da humanidade ultrapassar determinado número. Portanto, por mais prodigioso que ele possa ser, esse número de coletividades humanas *particulares* é *finito*. Assim, ele não é nada comparado à quantidade *infinita* das Terras idênticas, domínio da combinação solar *tipo*, que todas as humanidades possuíam originalmente, ao nasceram semelhantes, embora modificadas em seguida, sem trégua. Decorre que cada Terra, contendo uma dessas coletividades humanas *particulares*, resultado de modificações incessantes, tem que se repetir bilhões de vezes para enfrentar as necessidades do infinito. O que explica os bilhões de Terras, absolutamente sósias, pessoal e material, em que nem um feto varia, seja em tempo, em lugar, em milésimo de segundo, nem em um fio de teia de aranha. Isso vale para as variantes terrestres ou coletividades humanas, assim como para os sistemas estelares *originais*. Sua cifra é limitada, porque tem por elemento números finitos, homens de uma Terra, assim como os sistemas estelares *originais* têm por elemento um número finito – os cem *corpos simples*. Mas cada variante edita bilhões de provas.

 Esse é o destino comum de nossos planetas, Mercúrio, Vênus, Terra etc. etc., e dos planetas de todos os sistemas estelares *primordiais ou tipo*. Acrescentemos que, entre esses sistemas, milhões parecem com o nosso, sem chegar a serem *duplicatas*, e possuem inúmeras Terras não menos idênticas a esta em que vivemos, mas que têm com ela todos os graus possíveis de semelhança ou analogia.

Todos esses sistemas, todas essas variantes e suas *repetições* formam inúmeras séries de infinitos parciais, que vão mergulhar no grande infinito, como rios em oceanos. Não reclamem desses globos que saem de nossa pluma aos bilhões. Não se deve dizer: onde encontrar lugar para tantos mundos? Mas sim: onde encontrar mundos para tanto lugar? Podemos falar de bilhões sem o menor escrúpulo em se tratando do infinito; ele sempre vai querer mais.

As doutrinas, que às vezes usam palavras para fazer rir ou chorar, reclamarão, talvez, de nossos infinitos parciais, felicitando-nos por fazermos o troco render tanto com dinheiro falso. De fato, quando um infinito único é negado à imensidão, premiá-lo com milhões parece um procedimento abusivo. Porém, não há nada mais simples. Como o espaço não possui limites, atribuímos a ele todas as formas geométricas, justamente porque ele não possui nenhuma. Há pouco uma esfera, ei-lo agora um cilindro.

Suponhamos: nove cortes de serra dividem um bloco de madeira cilíndrica em dez tábuas, perpendicularmente a seu eixo. Mentalmente, estendemos ao *infinito* o perímetro circular de cada uma dessas tábuas. Também mentalmente, separemos as tábuas umas das outras a uma distância de algo como quatrilhões de quatrilhões de léguas. Eis dez infinitos parciais inatacáveis – embora um tanto ralos. Todos os astros, saídos de nossos cálculos, caberiam facilmente, com seus domínios respectivos, em cada um desses compartimentos. Além disso, nada impede de justapor outros e acrescentar, assim, à vontade, infinitamente.

É claro que esses astros não permanecem imóveis, em categorias identitárias. As conflagrações renovadoras as fundem e misturam incessantemente. Um sistema solar não renasce, como a Fênix, de sua combustão, a qual contribui, pelo contrário, para a formação de combinações diferentes. Ele se vinga alhures, recriado por outras volatilizações. Como os materiais são os mesmos por toda parte – cem *corpos simples* – e como o dado é o infinito, as probabilidades se igualizam. O resultado é a permanência invariável do conjunto pela transformação perpétua das partes.

Se a celeuma em torno do Indefinido quiser discutir o sexo dos anjos e nos obrigar a fazê-la compreender o Infinito, nós a mandaremos pedir explicações aos jupiterianos, que devem ter um cérebro maior. Não, nós não podemos exceder o indefinido. Isso é sabido, e não passa de uma forma de conceber o Infinito. Acrescenta-se espaço ao espaço, e o pensamento chega facilmente à conclusão de que ele não tem limites. Certamente, mesmo que fizéssemos contas durante miríades de séculos, ainda assim o total seria um número finito. O que isso prova? Primeiro, o Infinito, pela impossibilidade de chegar a um fim; depois, a debilidade de nosso cérebro.

Sim, depois de termos semeado cifras de arregalar os olhos, ficamos sem fôlego nos primeiros passos sobre a rota para o infinito. Entretanto, ele é tão claro quanto impenetrável e se demonstra maravilhosamente em poucas palavras: o espaço repleto de corpos celestes, sempre, sem fim. É muito simples, embora incompreensível.

Nossa análise do Universo colocou em destaque, sobretudo, os planetas – único teatro da vida orgânica. As estrelas ficaram em segundo plano. Porque nelas não há formas cambiantes, não há metamorfose. Nada além do tumulto do incêndio colossal, fonte do calor e da luz, e, então, sua diminuição progressiva e, enfim, as trevas geladas. Nem por isso a estrela deixa de ser o foco vital dos grupos constituídos pela condensação das nebulosas. É ela quem classifica e regula o sistema do qual é o centro. Em cada combinação-*tipo*, ela difere em grandeza e em movimento. Ela permanece imutável em todas as repetições desse *tipo*, inclusive as variantes planetárias – resultantes da humanidade.

Não se deve supor, na verdade, que essas reproduções de globos se fazem pelos belos olhos dos sósias que os habitam. O preconceito do egoísmo e da educação que nos coloca no centro de tudo é uma bobagem. A natureza não se preocupa conosco. Ela fabrica grupos estelares em função dos materiais à sua disposição. Alguns são *originais*, outros, duplicatas editadas aos bilhões. Não existem nem mesmo *originais* propriamente ditos, ou seja, primeiros cronologicamente, mas *tipos* diversos, atrás dos quais se postam os sistemas estelares.

A natureza não se preocupa com o fato de os planetas desses grupos produzirem, ou não, homens; ela não tem inquietações dessa ordem, procede à sua obra, sem se inquietar com as consequências. Aplica 998 *milésimos* da matéria nas estrelas, onde não cresce nem uma folha de capim, nem um limão, e o resto, "dois milésimos!", nos planetas, cuja metade, ou mais, não cuida de abrigar e alimentar os bípedes de nosso módulo. No final das contas, porém, ela faz as coisas muito bem. Não devemos reclamar. Se a lâmpada que nos ilumina e nos aquece fosse mais modesta, ela poderia nos abandonar rapidamente à noite eterna, ou então nós poderíamos nunca ter entrado na luz.

Somente as estrelas teriam do que se queixar, mas elas não o fazem. Pobres estrelas! Seu papel de esplendor é um mero papel de sacrifício. Criadoras e servas do poder produtor dos planetas, elas não o possuem, e têm de se resignar à sua carreira ingrata e monótona de flama. Possuem brilho sem regozijo; atrás delas, escondem-se as realidades vivas. Essas rainhas escravas são feitas da mesma massa que suas felizes vassalas. Os cem *corpos simples* sofrem as consequências. Mas eles só encontrarão a fecundidade ao espoliar a grandeza. Agora, são chamas ofuscantes, um dia, serão trevas e gelo, e só poderão renascer para a vida como planetas depois do choque que volatilizará o cortejo e sua rainha em nebulosa.

Enquanto aguardam a felicidade dessa decadência, as soberanas, sem sabê-lo, governam seus reinos por meio de benfeitorias. Elas fazem as semeaduras, nunca as colheitas. Têm todos os encargos, sem os lucros. Únicas senhoras da força, usam-na apenas em proveito da fraqueza... Queridas estrelas! Vocês têm poucos imitadores.

Concluamos, finalmente, com a imanência das menores parcelas da matéria. Se, por um lado, sua duração não passa de um segundo, por outro, seu renascimento não encontra limites. A infinidade no tempo e no espaço não é privilégio exclusivo do Universo inteiro. Ela também é pertinente a todas as formas da matéria, até mesmo ao infusório e ao grão de areia.

Assim, pela graça de seu planeta, cada homem possui, na imensidão, um número sem-fim de duplos que vivem sua vida, absolutamente do mesmo modo como ele próprio a vive. É infinito e eterno na pessoa de outros ele, não somente de sua idade atual, mas de todas as *suas* idades. Aos bilhões, ele possui, simultaneamente, a cada segundo, sósias que nascem, outros que morrem, outros cuja idade vai de par a par, de segundo em segundo, do seu nascimento até a sua morte.

Se alguém interrogar as regiões celestes para perguntar o seu segredo, bilhões de seus sósias elevam, ao mesmo tempo, os olhos, com a mesma pergunta em mente, e todos esses olhos se cruzam, invisíveis. E não é apenas uma vez que as mudas interrogações atravessam o espaço, mas sempre. Cada segundo da eternidade viu e verá a situação de hoje, qual seja, a de bilhões de Terras sósias da nossa, carregando nossos sósias pessoais.

Assim, cada um de nós viveu, vive e viverá sem fim, sob a forma de bilhões de *alter ego*. Assim como se é o mesmo em cada segundo de vida, se é estereotipado nos bilhões de provas na eternidade. Partilhamos o destino dos planetas, nossas mães nutridoras, no seio das quais se cumpre essa inesgotável existência. Os sistemas estelares nos arrastam em sua perenidade. Única organização da matéria, eles possuem, concomitantemente, sua fixidez e sua mobilidade. Cada um deles é mero relâmpago, mas esses relâmpagos iluminam o espaço eternamente.

O Universo é infinito em seu conjunto e em cada uma de suas frações, estrela ou grão de poeira. Ele será o mesmo no minuto atual, no passado, no futuro, sem um átomo nem um segundo de variação. Não há nada de novo sob os sóis. Tudo o que se faz, foi feito e sempre será feito. E, no entanto, embora sempre o mesmo, o Universo de há pouco não é mais o de agora, e o de agora não será mais o de daqui a pouco, pois ele não permanece imutável e imóvel. Muito pelo contrário, ele se modifica incessantemente. Todas as partes estão em um movimento não descontínuo. Destruídas aqui, elas se reproduzem simultaneamente noutro lugar, como novas individualidades.

Esses sistemas solares terminam, e depois recomeçam com elementos semelhantes associados por outras alianças – reprodução incansável de exemplares semelhantes sorvidos em diferentes destroços. É uma alternância e uma troca perpétuas de renascimentos por transformação.

O Universo é, a um só tempo, vida e morte, destruição e criação, mudança e estabilidade, tumulto e repouso. Ele se une e se separa interminavelmente, sempre o mesmo, de seres constantemente renovados. Apesar de seu perpétuo futuro, ele é um clichê de bronze, e imprime, incessantemente, a mesma página. Conjunto e detalhes, eternamente transformação e imanência.

O homem é um desses detalhes. Ele partilha a mobilidade e a permanência do Grande Todo. Não há ser humano que não tenha estado sobre bilhões de globos, que voltaram, há tempos, ao cadinho das modificações. Nós subiríamos em vão pelo rio dos séculos, na tentativa de encontrar um momento em que não tenhamos vivido. Pois o Universo não começou, e, consequentemente, o homem também não. Seria impossível refluir até uma época em que todos os astros já não tivessem sido destruídos e substituídos; e, portanto, nós, habitantes desses astros, também; e nunca, no futuro, um instante passará sem que bilhões de outros nós mesmos estejam nascendo, vivendo e morrendo. O homem é, como o Universo, enigma do infinito e da eternidade, e o grão de areia é igual ao homem.

VIII

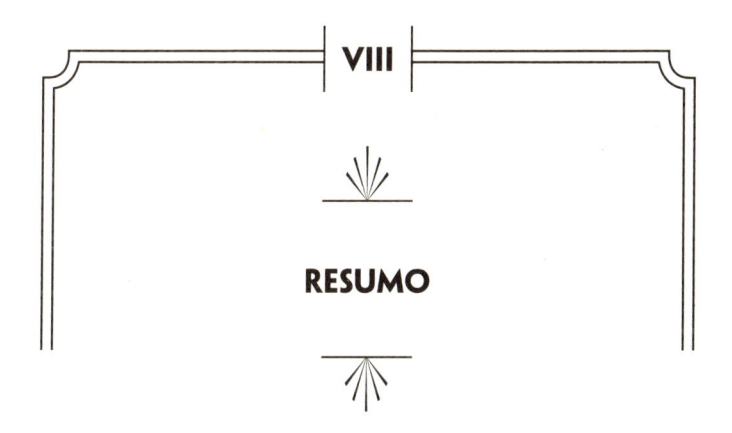

RESUMO

O Universo inteiro é composto de sistemas estelares. Para criá-los, a natureza possui apenas cem *corpos simples* à sua disposição. Apesar do proveito prodigioso que ela sabe tirar desses recursos e da cifra incalculável de combinações que eles permitem à sua fecundidade, o resultado é necessariamente um número *finito*, como o dos próprios elementos, e, para preencher a imensidão, a natureza tem que repetir, infinitamente, cada uma de suas combinações *originais* ou *tipo*.

Todo astro, qualquer que ele seja, existe, portanto, em número infinito no tempo e no espaço, não somente sob um de seus aspectos, mas tal como ele se encontra em cada um dos segundos de sua duração, desde o seu nascimento até a sua morte. Todos os seres distribuídos por sua superfície, grandes ou pequenos, vivos ou inanimados, partilham o privilégio dessa perenidade.

A Terra é um desses astros. Todos os seres humanos são, assim, eternos em cada um dos segundos de sua existência. O que estou escrevendo agora, em uma cela do Fort du Taureau, escrevi e escreverei por toda a eternidade, a uma mesa, com uma pluma, vestindo esses trajes, em circunstâncias, todas, semelhantes. O mesmo vale para todas as pessoas.

Todas essas Terras se degradam, umas após as outras, nas chamas renovadoras, para renascerem e voltarem a cair – fluxo monótono de uma ampulheta, que gira e se esvai eternamente sobre si mesma. Novidade sempre velha, velhice sempre nova.

Os curiosos acerca da vida extraterrestre poderão, entretanto, sorrir diante de uma conclusão matemática que lhes confere não somente a imortalidade, mas também a eternidade? O número de nossos sósias é infinito no tempo e no espaço. Ora, não se pode querer mais do que isso. Esses sósias são de carne e osso, usam até mesmo calças e paletó, saia de crinolina e coque. Não se trata de fantasmas, mas da atualidade eternizada.

Eis aqui, porém, um grande defeito: não há progresso. Que pena! Não, são reedições vulgares, redundâncias. Assim como os exemplares dos mundos passados e os dos mundos futuros. Só o capítulo das bifurcações permanece aberto à esperança. Não esqueçamos que *tudo o que poderíamos ter sido aqui somos em algum outro lugar.*

O progresso existe apenas aqui, aos nossos olhos. Eles têm mais sorte do que nós. Todas as coisas belas que nosso globo verá, nossos futuros descendentes já viram, estão vendo agora e verão sempre, evidentemente, sob forma de sósias que precederam e sucederão. Filhos de uma humanidade melhor, eles já nos desprezaram e rechaçaram nas Terras mortas, tendo estado nelas depois de nós. Continuam a nos fustigar em Terras vivas, nas quais nós já desaparecemos, e nos perseguirão para sempre com seu menosprezo em Terras ainda por nascer.

Eles e nós, e todos os hóspedes de nosso planeta, renascemos prisioneiros do momento e do local que os destinos nos atribuíram na série dos avatares. Nossa perenidade é um apêndice da sua. Não passamos de fenômenos parciais de suas ressurreições. Homens do século XIX, a hora de nosso surgimento está marcada eternamente, e nos traz de volta sempre os mesmos, quando muito, com a perspectiva de variantes felizes. Nada que aplaque satisfatoriamente a sede pelo melhor. O que fazer? Não busquei meu prazer, busquei a verdade. Não há, aqui, nem revelação, nem profeta, mas simples dedução da análise espectral e cosmogonia de Laplace. Essas duas descobertas nos fazem eternos. Seria uma dádiva divina? Aproveitemos. Seria uma mistificação? Resignemo-nos.

Mas não seria um consolo saber-se constantemente, em bilhões de Terras, na companhia de pessoas amadas, que hoje só existem para nós como memória? Não seria um consolo, porém, pensar que desfrutamos e que desfrutaremos eternamente dessa felicidade, sob a forma de um sósia, de bilhões de sósias? E, no entanto, somos nós. Para muitos espíritos estreitos, essas felicidades por substituição causam pouco deslumbramento. Eles prefeririam, em vez de todas as duplicatas do infinito, três ou quatro anos suplementares na edição atual. São amargos e teimosos, no nosso século de desilusões e ceticismo.

No fundo, essa eternidade do homem pelos astros é melancólica, e esse sequestro dos mundos-irmãos pela inexorável barreira do espaço é ainda mais triste. Tantas populações idênticas que se vão sem ter suspeitado de sua existência mútua! Bom, sim. Nós a descobrimos, finalmente, no século XIX. Mas quem quer acreditar nela?

Além disso, até agora, o passado representava, para nós, a barbárie, e o futuro significava progresso, ciência, felicidade, ilusão! Esse passado viu, em todos os nossos globos-sósias, as mais brilhantes civilizações desaparecerem sem deixar rastros, e elas continuarão a desaparecer da mesma forma. O futuro verá, de novo, em bilhões de Terras, a ignorância, a tolice e a crueldade de nossos tempos idos.

Nesse exato momento, toda a vida de nosso planeta, desde o nascimento até a morte, se reparte, dia a dia, por miríades de astros-irmãos, com todos os seus crimes e desgostos. O que chamamos de progresso está confinado a cada Terra e se esvai com ela. Sempre e em toda parte, no campo terrestre, o mesmo drama, o mesmo cenário, sobre o mesmo palco esmirrado, uma humanidade ruidosa, arvorada em uma pretensa grandeza, acreditando ser o Universo e vivendo em sua prisão como em uma imensidão, para logo afundar com o globo que carregou, no mais profundo desdém, o fardo de seu orgulho. Mesma monotonia, mesmo imobilismo nos astros estrangeiros. O Universo se repete sem fim e se agita frenético, mas imóvel. A eternidade encena, imperturbável, no infinito, as mesmas representações.

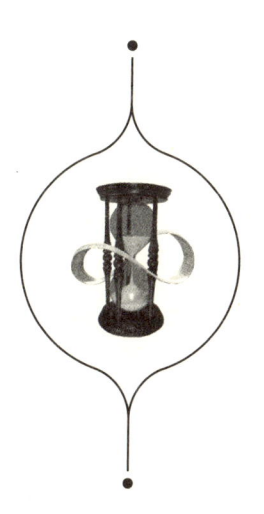

Este livro foi impresso na Gráfica JPA Ltda.
Rio de Janeiro – RJ.